クライブ・カッスラー
& グラハム・ブラウン/著
土屋 晃/訳

強欲の海に潜行せよ（下）

Sea of Greed

扶桑社ミステリー
1658

強欲の海に潜行せよ（下）

登場人物

カート・オースチン————国立海中海洋機関《NUMA》特別任務部門責任者

ジョー・ザバーラ————同海洋エンジニア

ポール・トラウト————同深海地質学者

ガメー・トラウト————同海洋生物学者

ルディ・ガン————NUMA副長官

ハイアラム・イェーガー————NUMAコンピュータ・エンジニア

プリヤ・カシミール————同コンピュータ・エンジニア

ジェイムズ・サンデッカー————アメリカ副大統領

サン・ジュリアン・パールマター——船舶資料蒐集家

テッサ・フランコ————デザイナー・実業家

フォルケ
ウッズ } ————テッサの部下

パスカル・ミラード————遺伝子工学者

アラト・ブーラン————石油業界の大立者

ミスティ・ムーン・リトルフェザー——エンジニア

第二部

地獄（承前）

38

バミューダ、グレートサウンド

プリヤは〈モナーク〉に向かって泳いだ。めざすは巨大航空機の機首の真下だった。彼女の推測が正しければ、警備システムに使われているのは入り江の両側に設置されたカメラと、宮殿ばりの敷地を監視するモーションセンサーで、機体直下は死角になっているはずだった。

〈モナーク〉の下を泳ぎながら、プリヤはその大きさに圧倒されていた。全長は第二次世界大戦時の駆逐艦にひけを取らない。写真ではわからなかった機体の細部が目の前にあった。

厚みのある機体前方には、アメリカズ・カップに出場するヨットに用いられるような細かい畝《うね》が刻まれていた。水中での滑りをよくするためのものだ。

その形状がコーラの壜《びん》を思い起こさせる機体の後方下部には、右側面から左側面にかけて何千もの小さな穴があいている。これは機体と水の間に無数の気泡を送り出す、高圧空気弁とみて間違いなさそうだった。

スーパーキャビテーションと呼ばれるこのプロセスは、流体中を移動する物体の抗力を一時的かつ劇的に軽減する。NUMAをふくむ海洋工学のエンジニアたちが、一〇〇ノットを超えて移動する魚雷や特殊潜水艇の設計に同じ原理を使っている。

機体に施された創意工夫とその応用範囲の広さに、プリヤは驚嘆していた。このシステムがなければ、〈モナーク〉はおそらく離水できないのではないか。

さらに後方へと進み、機体が上に向けて湾曲していくあたりまで来た。ダイブスーツのパワーアシストを切って中立浮力を得ると、上向きのスロープの直下に浮上した。そのフォルムの陰にちょうど隠れるかたちになった。

「あなたの秘密を打ち明けてもらうから」とプリヤは機体にささやきかけた。

小さなポーチのジッパーをあけ、大きさと形が煙探知器に似た装置を取り出した。その上面を四分の一ほど回転させてジオトラッカーを起動させると、裏の被膜を剝《は》がして接着面を露出させた。

水からできるだけ伸びあがって機体尾部の平たい箇所に装置を押しつけた。すぐに貼《は》りついたジオトラッカーは、三〇秒もすればバールなしでは剝がせなくなる。

プリヤはしぶきを上げずに水中に没した。しばらくは腕だけで機体の下を泳ぎ、やがてダイブスーツのパワーアシストを作動させた。

機首の下を通り過ぎると半転し、〈ルシッド・ドリーム〉の方角に進路を変えた。大きな達成感を胸に水陸両用機から離れていった。

プリヤが〈モナーク〉から遠ざかっていくころ、テッサ・フランコは水陸両用機のアッパーデッキにある自室で主任技師と話をしていた。

「あなたの投資家とは二度と話をしない」とブライアン・イェーツが宣言した。「現在のわれわれの技術について、あなたが嘘《うそ》をつかせる気なら」

独創的なデザイナーにして聡明《そうめい》な化学者であるイェーツだが、その反面、頑固で対人スキルというものをほとんど持ち合わせない人間でもあった。先端技術の分野で高い評価を得ていなければ、テッサも有力な後援者候補に会わせたりはしなかった。

「彼らはわたしの投資家じゃない」とテッサは言った。「わたしたちの投資家であって、彼らがいなければわたしたちの会社は成り立たないわ」

「彼らがいても会社は成り立ってはいかない」とイェーツは反駁《はんばく》した。「このやり方をつづけるうちは」

「それはどういうこと？」

「もう何カ月も口を酸っぱくして言ってる」とイェーツは吐き棄《す》てた。「燃料電池は機能しない。あなたの説明どおりには。大幅な設計変更をしないかぎり話にならない。製造コストもあなたが主張する二倍はかかる。最終製品から利益が生まれないことはあなたも承知してる。だから、私を信じている投資家たちを前に、事実と異なる話をするつもりはない。私にも守るべき信用があるんだ」

テッサは、イェーツが自らの重要性を過大に認識していることに気づいた。燃料電池と会社のことを、まるで自分がその原動力であるかのように語っていた。

「いい、イェーツ、わたしの話をよく聞いて」とテッサは言った。「あなたの仕事はそれを修正することよ。わたしはあなたを護《まも》ってる、その逆じゃない。あなたが取り組んでいることも、あなたに約束していることも、このプロジェクトに疑いをもたれた時点で水の泡だから。わかる？」

イェーツは惑わされなかった。「黙ってるのと嘘をつくのはちがう。私はもう嘘はつかない。スポークスマンなら別の人間にしてくれ。つぎにシステムについて訊《き》かれたら、私は真実を話す」

テッサが見つめるなか、イェーツは会議参加者のＩＤバッジをはずしてテッサの足もとに放った。

テッサはその血をたぎらせることなく、冷徹にイェーツの癇癪《かんしゃく》を黙殺した。

イェーツは失望をあらわにした。テッサに背を向け、部屋を出ていった。テッサはイェーツが通路に出るのを待ち、短銃身のスミス＆ウェッソン３８０オートマティックを取り出した。

「ミスター・イェーツ」テッサは冷ややかに言った。「あなたに邪魔をさせるわけにはいかない」

振り向いたイェーツは銃を目にしたが、辞意を撤回する機会はあたえられなかった。テッサはためらうことなく発砲した。胸にまともに四発を受けたイェーツは倒れ、デッキに血溜《ちだ》まりをつくった。

機内に銃声が響きわたり、それを聞きつけたウッズが通路をやってきた。

ウッズは足を止め、イェーツの死体を見おろした。「いったい何が……？」

「訊かないで」とテッサは言った。「馘《くび》にしただけだから。海へ運んで棄てて」

ウッズは死体を見ながら頭を振った。「わかった。ただ、もうひとつ問題が起きた」

「今夜は問題ばかりね」テッサはそう言って溜息《ためいき》をついた。「今度は何？」

「ダイバーだ」とウッズは言った。「見た感じは女。機体の下を泳いで、その後、港に引きかえしていった。水中カメラがそれを捉《とら》えた。尾翼の近くに何かを取り付けていった。いま調べさせてる」

「追跡させたんでしょうね」

「人を出す時間はなかったが、水中ドローンで後を追わせた。かなりの速度でグレートサウンドへ向かっていった。行先は〈ルシッド・ドリーム〉というヨットだった」

「ハッチャーのヨットね」テッサは唸《うな》るように言った。

「投資家の？」

テッサは頭を振った。事態はさらに悪化していた。「どうやら投資家じゃなかったようね。あなたの部下を集めて。イエーツの始末がすんだら、ハッチャーとその女をここに連れもどして」

「来たがらなかったら？」

テッサはウッズを睨《にら》んだ。「招待状を届けろとは言ってない」

39

水深一六〇フィートのLNGタンカー

オースチンは細心の注意を払ってコントロールスフィアの水密扉を開いた。空気が洩《も》れる音はしなかった。つまり二個の球体《スフィア》の気圧は均一に保たれていた。また扉の裏に人はいなかった。

扉を抜け、ドッキングスフィアにあったのと同じグレーチングの上に足を踏み出した。前方の棚には機器や装置類が並び、それらすべてが頭上に張りめぐらされた配管につながっている。ポンプと冷却装置が低く唸りをあげるなか、球体の左側に沿って、テッサの飛行機で見たオレンジとグレイの燃料電池が積まれていた。

「電力不足にはならないな」とオースチンはつぶやいた。

燃料電池の傍《かたわ》らの制御エリアには計器盤があり、コンピュータのディスプレイにパイプやさまざまなバルブを流れる液体とガスの略図が示されていた。

奥には、二個の大型水槽と数十個のタンクが複数の棚に分けて積んである。タンクは細長い筒形で、ガソリンスタンドで見かけるプロパンガスのタンクと似ていた。

ほぼ完全な球形をなす空間では、音は反響してあらゆる方向から聞こえてくる。足音も、バルブの開閉音も人声もしかり。離れたところで工具を落とした音が、球状の壁に何度もぶつかって谺《こだま》をくりかえす。

オースチンは左側の通路を進み、間近にある装置類の棚の裏側にはいると、足を緩めて谺に耳を傾けた。

「これが……これが……これが……」

「圧力一・〇・五……〇・五……〇・五……」

「第一水槽の移送を……移送を……移送を……」

大きな衝撃音とともにバルブが開放され、その谺が五度、六度と周回して、会話の断片をかき消した。

オースチンは装置の隙間《すきま》から覗《のぞ》いた。室内中央の計器盤に近いコンソールの前に、フォルケとミラードが立っていた。口論になっている様子だった。

「議事堂の彫像ホールに行ったことは？」オースチンはザバーラに耳打ちした。

ザバーラはにやりとした。「ジョン・クインシー・アダムズのことか」

オースチンはうなずいた。「噂《うわさ》によると、アダムズは机で寝たふりをして、ドームの天井に反響した敵の話を盗み聞きしてたそうだ。おれたちも絶好のスポットを見つけたら、フォルケとミラードの話を立ち聞きできるかもしれない」

「名案だ。手分けすれば広い範囲をカバーできる」

「おまえはあっちだ」とオースチンが言った。「おれはこっちを行く。ハッチから目を離すな。誰かが潜水艇に向かったら先回りするんだ」

ザバーラがうなずいてその場を離れた。オースチンはフックからクリップボードを取って反対方向に歩いた。

燃料電池の列を過ぎ、つぎの機器の棚へと歩を進めていくと、機械の騒音が増幅されて耳が痛くなるほどの場所に達した。数フィート離れるとほぼなにも聞こえなくなった。

今度はプロパンタンクに似た形の容器に近づいた。各タンクに液化ガス五〇〇ガロンの表示がある。手をふれてみるとなぜか熱を帯びていた。計器をチェックするふりをしながらあたりを歩きまわった。タンクの数は全部で四〇。組んだ足場に上下二段に積み重ね、銅のパイプで連結してある。パイプの一部は大型水槽へ引きこまれていた。

「もっと備蓄を……備蓄を……備蓄を……」

どこからともなく聞こえてきた言葉には、フランスの訛《なま》りがあった。ミラードにちがいない。

「圧力が高すぎる……高すぎ……高すぎ……」

オースチンは右へ動いた。聞き取りづらくなったので、今度は左へ移動した。

「ぐずぐずしてる暇はない……ない……ない……」

第二の声の主はフォルケだろう。ゲージを確かめるような格好でしゃがみこみ、オースチンはついにスイートスポットを探り当てた。

「あの石油トラックはガスの吸い上げに使うものだ」とミラードが言った。「九〇〇〇ガロンの液化ガス。すでにガスはここの安全な備蓄量をはるかに超えている。あれを細菌の培養液で満たすことにしたら、この生産施設全体が閉鎖の危機どころか、下手をすれば爆発の危機にさらされる」

「ほかの方法で圧力を逃がせ」とフォルケが言った。「なんならガスを海に放出しろ」

「海水に反応するぞ」とミラードは警告した。「われわれはここにいると、花火を打ちあげて知らせるようなものだ」

その議論が終わると、オースチンはオレンジの文字盤のドクサに視線を落とした。減圧停止が必要になる一一分のうち、すでに六分が経過していた。

出発の時間だ。

来た道を引きかえす途中、前から別の作業員がやってきた。オースチンは脇《わき》にそれて階段に逃げこみ、上段のタンク点検に使うキャットウォークに上がった。

キャットウォークはスフィアの奥を半周するかたちで設置されており、かなりの遠回りを強いられることになった。速足で移動しながらタンクの計器に目を走らせると、圧力計の針がいずれもレッドゾーンに達していた。すでに最大圧力ラインを超えているものもあった。

ミラードが憂慮するのも無理はない――四〇個の時限爆弾とともに働いているのだ。

キャットウォークの最奥に見つけた第二の階段を降りようとしたそのとき、男がふたり、大型ポンプの一個を過ぎて階段を昇ってきた。

礼儀正しく会釈してすれちがうつもりだったが、手前にいた男に目をつけられた。

「ここで何をしてる？　立入禁止区域のはずだが……」

「圧力の確認だ」オースチンはそう言ってクリップボードを示した。

男は不審の目を光らせた。クルーの数はわずか一二人、全員が顔なじみなのだ。

「何者だ?」

オースチンはすかさず行動に出た。男のひとりの胸にクリップボードを押しつけ、そのまま階段から突き落とした。

「侵入者だ!」もうひとりが叫んだ。「侵入者がいる!」

オースチンはその男も殴り倒したが、すでに警報装置が作動していた。

フォルケと数人が駆けつけてきた。その全員を相手に力ずくの突破は無理だった。階段を昇ってキャットウォークをもどろうとしたが、反対側に特大のレンチを持った二人組が現われた。

挟み撃ちに遭ったオースチンは手すりを跳び越え、円筒形のタンクの間に着地すると出口へ急いだ。

すんなりとはいかなかった。

キャットウォークから跳んだフォルケにタックルを見舞われた。

床を転がったふたりは同時に立ちあがり、たがいに攻勢を仕掛けた。オースチンは片手でフォルケの腕をつかむと、顎《あご》を狙《ねら》ったアッパーカットを放った。パンチは当ったものの、フォルケが顔をそむけたせいでかすめる程度だった。

一瞬、身体が離れた隙に、フォルケがカウンターを打ってきた。オースチンはダッキングでそれをかわしたが、フォルケがハンティングナイフを抜き出したことで守勢にまわらざるを得なくなった。

ナイフを一閃《いっせん》してオースチンの作業着を切り裂いたフォルケは、より危険な体勢で突きこんできた。

オースチンはつかんだ相手の腕をねじあげようとしたが、フォルケは身を翻《ひるがえ》してそれを逃れ、さらにオースチンを追いつめた。

「ミラード」とフォルケは叫んだ。「クルーをもっとよこせ」

もはや逃げ道はないとオースチンは悟った。だが、こちらに人手をかけさせればスフィア外の人員が減り、ザバーラは見つかりにくくなる。そこで体力がつづくかぎり闘いを長引かせる作戦に出た。

またひとり、タンクの迷宮にはいってきた。三人めがフォルケの背後についた。

オースチンは片側にフェイントをかけ、相手がそれにつられて動いた隙にタンクどうしをつなぐクロスフィード・パイプの先に飛び込んだ。受け身を取って立ちあがると、つぎの列の陰に隠れた。

フォルケはゆっくり動いた。急ぐ必要もなかった。ほかに六人がその区画を包囲していた。

「広がれ」とフォルケは言った。「奥の壁に追いつめろ」

オースチンは音もなく場所を移動していった。球形の構造物ならではの音響と、工業用の照明がつくりだす暗い影のおかげで、隠れるのも動くのも造作はなかった。が、使えるスペースが尽きるのは時間の問題だった。

武器はないかとあたりを見まわしたが、役に立ちそうなものはなかった。

「きさまは何者だ?」とフォルケが呼ばわった。「どうやってここまで来た?」

オースチンは答えなかった。

「遠慮するな。どうやってここを見つけたか、自慢したいに決まってる。ひけらかすならいまのうちだ。喉《のど》を切られたら、ろくにしゃべれなくなるぞ」

オースチンはもう一度動いたが、そこはコントロールスフィアの端で、円筒形のタンクは壁の手前に一列しかなかった。

引きかえすかわりにタンクのひとつをよじ登り、下段と上段のタンクの間に身を潜めた。たちまち汗が噴き出した。どのタンクも熱を帯び、過圧状態にあることをまぎれもなく示している。火傷《やけど》するほどではないにせよ、アリゾナの太陽の下でアスファルトの上を歩くようなもので、無駄に長居はしたくない場所だった。

フォルケの部下がひとり通り過ぎた。別のひとりが隣りの列を歩いていった。もし彼らがこのまま動きつづけたなら……

懐中電灯の光がオースチンの上をかすめた。「あそこだ」と誰かが叫んだ。「タンクの隙間だ」

キャットウォークに男がいた。上から見つけられたのだ。

オースチンはすぐさまタンクの間から床に飛び降りたが、その場で取り囲まれた。

男のひとりが頭めがけてパイプレンチを振りおろしてきたが、オースチンがそれをかわすと、レンチは盛大な音をたてて脇のタンクを叩《たた》いた。オースチンはその男の鳩《みぞ》尾《おち》に膝《ひざ》蹴《げ》りを入れ、手首を叩いた。男は悲鳴とともにレンチを床に落とし、引っこめた手を押さえた。

オースチンはレンチをつかんだが、後ろから引っぱられた。そこにもうひとりが加勢して両腕を決められた。

ふたりがかりで拘束されたところに三人めが駆けつけ、「押さえてろ！　おれがぶちのめす」と叫んだ。

無理やり立たされたオースチンに強烈なパンチが飛んできたが、それは完全に的をはずれてクルーのひとりを気絶させた。

パンチを食らった男が米袋のようにぐったり伸びるのを、片割れは呆然《ぼうぜん》と見つめていた。その表情が変わったのは、拘束を逃れたオースチンに下腹部を殴られ、頭を貯蔵タンクに叩きつけられてからのことだった。

「アシストに感謝する」とオースチンは〝三人め〟のザバーラに言った。「でも、そっちが逃げられるように、おれのほうで連中を忙しくさせておいたんだが」

「で、ひとり泳いで帰れって？」とザバーラは言った。「おれはバディシステムが好みなのさ」

「いまさら、それもたいした助けになりそうもない」

オースチンは床から大型のパイプレンチを拾うと、一歩進んで足を止めた。オースチンを押さえつけようとしたふたりはすでに戦力外だったが、フォルケと残りのクルーに囲まれていた。目下、六対二、しかもミラードともうひとりがキャットウォークから見おろしている。

「ここからは出られないぞ」とフォルケが言った。

「そっちもだ」

オースチンはすばやく反転し、重いレンチを振りあげてクロスフィード・パイプの一本を叩いた。激しいその一撃でパイプはへこみ、なかほどで折れ曲がった。フォルケと部下たちがその場に凍りついた。

「やめろ！」ミラードの金切り声がスフィアに反響した。「われわれを全滅させる気か」

「そんなところさ」オースチンはそう叫んでレンチを振りあげた。「ここにあるタンクの中身はわかってる。あと一発叩けば、おれたち全員が苦悩から救われる。だから下がれ」

ほかのクルーたちは尻込《しりご》みしたが、フォルケは不敵な笑みを浮かべて一歩前に踏み出した。「どうせはったりだ」

「もう一歩近づいたら本気かどうかわかる」

さすがのフォルケもここで足を止めた。「ここで死にたくなどないくせに」

「死にたいやつがどこにいる？」とオースチンは返した。「だが、おまえとおまえの部下の手に落ちて殺されるか、この船を吹っ飛ばして英雄二人組として死ぬかのふたつにひとつだったら……そう、おれがどっちを選ぶかは想像できるはずだ」

フォルケの周囲では、男たちが後ずさりをはじめていた。化学技術者、元掘削工など寄せ集めの連中は、オースチンとへこんだパイプに干渉する気などなかった。

フォルケはちがった。人殺しで、それなりに危ない橋も渡ってきたのだ。彼はナイフを握りなおすと前に出た。「こっちは一生を刑務所ですごすか、きさまに襲いかかって根性を試すかのふたつにひとつだ。おれがどっちを選ぶかは想像がつくだろう」

オースチンはフォルケに、屈服するなら死を選ぶ覚悟があるのを見て取った。

「なら勝手にしろ」オースチンはそう言って腕を振りおろし、いま一度パイプを叩いた。火花が飛び、誰もが身を守ろうと床に伏せたが爆発は起きなかった。ただし、屈曲が大きくなったパイプの中央付近にピンで刺したほどの穴があき、そこから高圧ガスが悲鳴のような音をたてて噴出した。

オースチンは躊躇《ちゅうちょ》しなかった。逆方向へ走って床にダイブした。

フォルケに運はなかった。振りかえって飛んだが閃光《せんこう》の餌食《えじき》となった。破裂したパイプから漏れたガスが、一二フィートの炎と化して噴き出したのである。

40

バミューダ、グレートサウンド

〈ルシッド・ドリーム〉のトップデッキにもどったプリヤは、自身のコンピュータの前に座った。ふたたび出動する場合にそなえてダイブスーツは着たままで、上から贅《ぜい》沢《たく》なエジプト綿のローブを羽織った。

追跡プログラムを起動し、進捗《しんちょく》インジケーターが画面の右から左へと横切っていくのを待った。それが一〇〇パーセントに達すると世界地図が表示され、大西洋上にドットが点滅して立ちあげは完了した。

画面を拡大していくと、最初は見えなかったバミューダ諸島が現われ、釣り針のように湾曲した島につづいて、ベイカーズ・ロックをふくむグレートサウンドに点在する島々が識別できるようになった。

ドットは小さな島々のひとつに面した海上の、まさにあるべき場所で点滅をくりかえしている。

自分の仕事ぶりにすっかり満足して、プリヤはグラスにシャンパンを注いだ。「隠れられるものならやってみなさい」

そうしてくつろいでいると、アッパーデッキのサロンからチャイムが聞こえてきた。警報表示装置のチャイムだった。コンピュータのインターフェースからヨットの概略図を呼び出した。船尾の扉がこじあけられていた。

オースチンやザバーラではない。彼らなら無線連絡をよこすはずだし、接近してくるパヴァティのエンジン音も聞こえなかった。

つぎにロワーデッキのモーションアラームが鳴りだした。船内に設置したカメラがメインの通路の人影と、さらに船体中央の階段を昇ってくる別の人物の姿を捉えていた。

プリヤはラップトップを閉じて膝に載せ、車椅子《くるまいす》を反転させた。両腕を二度すばやく動かして前進し、サロンにはいってエレベーターをめざした。

間に合わなかった。

エレベーターの扉が開くのと同時に、階段を駆けあがってきた男が割りこむようにして車椅子をつかんで止めた。むさ苦しい顎ひげを生やした肩幅の広い男が、プリヤの前に立ちはだかっていた。

「どこに行くんだ、お嬢さん？」

男は前かがみになって両手を車椅子のアームに置いた。無防備な体勢だった。プリヤはそこに乗じて、ラップトップを男の顔面に叩きつけた。

その衝撃で男はあおむけに倒れ、プリヤはすばやく一八〇度旋回して船尾へ向かった。殴られた男はあわてて追ってくると、船尾側の階段のところまで行ったプリヤの車椅子を背後からつかんだ。

プリヤは階段に向かって身を投げ、踊り場に落ちて転がった。そのままつぎの階段を、体操選手ばりに転がりながら落ちていった。

ミドルデッキにたどり着くと、肩幅のある顎ひげの男が悪態をつきながら車椅子を放り投げ、重い足取りで階段を降りてくるのがわかった。

唯一、残された希望は海に飛び込むことだった。最初のドアを押しあけ、キャビンの一室にはいった。部屋の奥はバルコニー、その先が海だ。

這《は》ってバルコニーの引き戸まで行くと、そこをあけて外に出た。手すりまであと二フィートのところで、男が駆けこんできた。男はプリヤの足首をつかんで引きずりもどした。プリヤは顎を床に打ちつけ、ラップトップを手放した。

「サンショウウオみたいに這いつくばりやがって」と男が言った。「本気で逃げられると思ったのか？」

もはや逃げる望みは潰《つい》えた。せめてラップトップを船外に投げて、ハックされないようにしなければ。

広い肩幅とひげ面の男のもとに、さらにふたりの男がやってきた。「ほかのキャビンは空っぽだ」とひとりが言った。「誰も乗ってない」

「どうした？」ひげ面の男が唇から血を流しているのを見て、もうひとりが言った。

「なんでもない」とひげ面は即答した。「機関室も厨房《ちゆうぼう》も、船内をくまなく調べろ。身障者をひとりにするはずがない」

身障者という言葉にプリヤは憤った。「ぜったいに見つからないから。このヨットには隠された緊急避難室《パニックルーム》があるわ。もう沿岸警備隊か水上警察に通報が行ってる。あなたも友だちも全員刑務所行きよ」

がっしりした体軀《たいく》の男がプリヤを見おろして笑った。「そのコンピュータをよこせ」

男はラップトップに手を伸ばした。が、プリヤは袖《そで》の下に最後のトリックを隠していた。ローブの袖の下に手を入れると、ダイブスーツの前腕にあるスクリーンをタップレ、スイムモードをフルで作動させた。

ダイブスーツの人工筋肉が収縮すると、プリヤの身体はぎこちなく裏返った。片脚が下がり、反対の脚が跳ねあがって男の股間《こかん》を直撃した。男は耐えがたい痛みにラップトップを落としてうずくまった。

プリヤは腹這いになってラップトップをつかむと、ふたたびバルコニーをめざした。泳ぐための奇妙な脚の動作が、意外にも這う動きを加速させた。

手すりまでたどり着いて身体を引きあげ、コンピュータもろとも海へ身を投げようとしたが、そこで髪をつかまれ、毛をむしられるほどの力で後ろに引っぱられた。プリヤは隔壁にぶつかった。白い手が伸びてきて、その細い長い指がプリヤの腕をつかんだ。パワーアシストの電源が切れて、脚の動きが止まった。見あげると、そこにテッサ・フランコが立っていた。「あなた、わたしの飛行艇の下で何をしていたの？」

プリヤは、はたと自分の愚かしさに気づいた。すべては身から出た錆《さび》だった。カートとジョーからの指示どおり、ここでじっとしていればよかった。

プリヤはごまかそうとした。「ハッチャーに、あなたの飛行艇の写真を撮るように依頼されたの。どうしてあんなにたやすく離水できるのかわからないって、彼は言っていたわ。高圧エアでキャビテーションを発生させているのね」

「嘘がうまいじゃない」とテッサは言った。「ハッチャーと彼のふざけたお友だちはどこ?」

「そこにいる大男にも言ったけど、ふたりを見つけるまえに警察が来るわ」

テッサに迷いはなかった。プリヤの頬《ほお》を平手で叩き、手の甲でもう一度打った。

顔が灼《や》けるように痛んでも、プリヤはなにも言わなかった。そこに男のひとりがもどってきた。「ロワーデッキにパワーボートの置き場がありますが、ボートは出払ってます」

テッサが視線をそらした隙に、プリヤは腕を伸ばしてラップトップを払った。バルコニーを滑ったラップトップは、手すりの下を抜けて海に落ちていった。

テッサはプリヤを見おろした。「あのコンピュータには、彼女が隠しておきたいものがはいっているみたい。探して」と部下に命じた。「ほかのコンピュータ、電話、無線も、見つけたものはすべて回収。何かの役に立つかもしれない」

プリヤは、自分はとんでもないことをしでかしたのではないかと、あらためて自問していた。

「彼女も運んで」テッサは肩幅の広いひげ面の男に言った。「連れていくから」

41

LNGタンカーのコントロールスフィア

　配管のあった付近からダイブしたオースチンは、飛んでいる最中に炎熱にさらされ、うなじの毛を焦がした。スフィア内部に吹き荒れる風が雷鳴のように反響するなかで、飛散したパイプの破片がタンクに当たって鋭い金属音をたてた。

　オースチンは着地すると、床を転がって片膝立ちになった。振り向けば破裂したパイプの残骸《ざんがい》から勢いよく炎が噴き出していた。炎は下向きに伸びて隣りのタンクを焦がし、あっという間に床を溶かしはじめた。

　炎はフォルケと部下たちをばらけさせた。彼らはもつれる足で八方に散った。

「まさか本当にやるとはね」ザバーラがオースチンの脇につくと言った。

「やつが選択肢を残さなかったからな」

二次爆発で全員が倒された。支柱の一本が折れて床が傾いていた。

オースチンとザバーラは前方に走り、隣りのセクションの床に飛び移った。

「見ろよ」とザバーラが指さした。

キャットウォークが崩落していた。懐中電灯を手にした作業員が、突然口を開いた床の隙間からスフィアの下半球へと落ちていった。白い作業服姿のもうひとりが手すりにぶらさがっている。

「ミラードだ」とザバーラが言った。

「彼を捕まえてここを出よう」

オースチンは先へ進むと、手を伸ばしてミラードの背中をつかみ、安全な場所まで引きあげた。

「いっしょに来るんだ」とオースチンは叫んだ。

科学者は抵抗しなかった。「この船は爆発する、ここから出なければ」

小ぶりのタンクが爆発するとスフィアの振動が増した。全員が足をすくませた。

爆発音だけでも鼓膜が破れそうだったが、目下の最大の懸念《けねん》は急激な気圧変化だった。壁に走った亀裂《きれつ》から空気と煙が外に排出され、一気に流れこんできた海水が床のグレーチングを突き抜け、スフィアの下半球で渦を巻いていた。

逆巻く海水は白濁してせり上がってくる。貯蔵タンクはそれぞれの格納場所から引きはがされ、かろうじて足場にまとわりついているようなありさまだった。その多くは、オースチンが破壊したパイプ同様に火を噴いていた。

「やりすぎたかもな」とオースチンは言った。

「かも？」とザバーラは返した。

前方では、ドッキングスフィアに通じるトンネルまで達した作業員数名が、無我夢中でハッチを開こうとしていた。

「やめろ！」とオースチンは叫んだ。

その声は喧騒《けんそう》にかき消された。男たちはハッチのレバーを持ちあげた。ハッチがすさまじい勢いで開き、全員が床に投げ出された。

コントロールスフィアの圧力が低下し、ドッキングスフィアでは全圧が保たれていただけに、それは当然の結果だった。そしてハッチから水がどっと流れこんでくることも。

いまやコントロールスフィアでは、二方向から流入する水で洪水が起きていた。火災が発生し、爆発の危険が――というか、それ以上にスフィア崩壊の危機が迫っていた。すべては貯蔵タンクが破裂するまで、球体が原形を留《とど》めていられるにかかっている。

オースチンは作業着を脱ぎはじめた。

ザバーラも同じようにした。「たしか〝しくじりようがない〟って言ったよな。〝楽勝だ〟って」

「次回は言わないようにする」とオースチンは断言した。

「生きて次回があったらね」

「こんなときに何の話をしてるんだ?」とミラードがわめいた。

「まだ望みはある」とオースチンは言った。

「ここにいるかぎり無理だ!」

オースチンは作業着を投げ棄てた。「現実問題、いまのぼくらはこうするしかない。さしあたり、圧力が均一になって水の流入が止まるまでは」

ミラードはなにも考えられないほどうろたえていた。「どういうことだ?」

「あんたは科学者だ」とオースチンは言った。「水位が球体にできた亀裂を超えたらどうなる?」

ミラードはようやく得心してうなずいた。「均衡が回復して空気は行き場を失い、水の流れは止まる」

「そうなったら泳いで外に出られる」とオースチンは言った。

「きみたちはね」とミラードが言った。「しかし私はどうなる?」

「ぼくが手を引いていく」オースチンは予備のレギュレーターを取り出した。「しっかりつかまって、これで呼吸をする。船外に出たらゆっくり浮上する。パニックを起こしたり馬鹿《ばか》な真似《まね》をしたら置いていく。わかったな?」

ミラードは嵩《かさ》を増していく水を眺めた。「わかった、きみに付いていく。最後まで」

足もとでは、水がグレーチングを超えてしぶきを上げはじめていた。円を描くように攪拌《かくはん》された水は巨大な渦と化し、ふれるそばからすべてをさらっていこうとしている。オースチンとザバーラ、ミラードも例外ではなかった。

「つかまれ」とオースチンは叫んだ。

ミラードが両腕をまわしてくるのと同時に、水がふたりを呑《の》みこんだ。オースチンはライフガードの水難救助の要領でミラードの胸に片手を添えて身体を支えた。

彼らは球体の奥へと流されていき、燃えるタンクの列を過ぎてからハッチの方向に引きもどされた。

二周めの途中で、水位が球体の裂け目を超えた。空気の逃げ道がなくなり、圧力平衡が回復された。

「バスタブが満杯になった」とオースチンは言った。「あとはここを出るまで球体が形を保ってくれたら、万事うまくいく」

オースチンとミラードの前を漂っていたザバーラがハッチに近づいた。

「こっちが先に行く」とザバーラが叫んだ。

ザバーラは答えを待たずにレギュレーターをくわえ、潜っていった。オースチンはミラードが予備のレギュレーターを正しく口にするのを見てから自分もくわえた。

酸素の流れを確認し、水中に潜った。濁った水には火明かりだけが揺れていた。ハッチからこの世のものとは思えない光が射していた。その正体は潜水艇のスポットライトだった。

オースチンはミラードを抱えてなめらかなキックを打ち、ぼんやり見えるザバーラの輪郭を追ってハッチをめざした。さらに深く潜り、あけ放たれた扉から二個のスフィアをつなぐパイプにはいった。

つかの間見えていたザバーラの姿が、トンネルの出口の先に消えた。

オースチンはさらにキックを打ち、空いた手で水をかいた。トンネルはミラードを脇にして通るには狭く、はいったとたん壁にぶつかった。どうにか半分まで進んだとき、恐れていた感覚に襲われた。

水が追い波のように来た。それは一瞬のことで、たちまち激しい逆流が生じた。オースチンは瞬時に状況を察した。後にしてきた球体に卵さながらのひびがはいり、新たな空気の排出がはじまった。そして、広い空間に分速数千ガロンもの水を引きこもうとしている。

逆流がオースチンを呑み、その腕からミラードを引きはがした。ふたりはトンネルの奥に押しもどされると、たったいま脱出したはずの火災と洪水のさなかに吐き出されていた。

42

オースチンは水面に顔を出した。火明かりに照らされて、上から水が流れこんでいるのが見える。壁の裂け目がジッパーのように走り、海水が滝となって流れ落ちていた。

自在に泳げるような状況にはなく、ふたつの流れが合流する地点に運ばれていった。浮いたり沈んだりしながら、やがて横に流されていき、ふたたび水面に出た。浮かんでいる人間とぶつかった。ミラードだった。反応がなく、頭部に裂傷を負っている。その生死は定かではなかったが、とにかくミラードのことをつかみ、球体内をめぐりながらドームの最上部へ近づいていった。

周囲にがらくたや破片が寄せてきた。壁にぶつかりそうになって頭を護った。そこにまた誰かが流れてきたので捕まえようとしたが、その身体は回転してオースチンの手をすり抜け、流れ落ちる水の勢いに呑みこまれていった。

同じ憂き目に遭わないように、オースチンは懸命に足を蹴って流入地点から離れた。つぎの周回で、ドームのカーブした天井に這わされたパイプをつかんだ。流れは強かったが、片腕でミラードを抱えながらパイプを握りつづけるうち、しだいに水の勢いが弱まっていった。

水位はすでに新たな裂け目も超えていた。いまのところ、残る構造物は持ちこたえている。

水面から球体の最上部まで、もはや八フィートしかなかった。その空間には空気とともに有毒ガスが閉じこめられている。またもリブリーザーのありがたみを嚙《か》みしめることになった。

レギュレーターから酸素を吸うほうが、周囲に立ちこめた得体の知れないものに肺を灼かれるよりはるかに好ましい。

ミラードが呻《うめ》き声を洩らし、わずかに目を開いた。オースチンが予備のレギュレーターを押しつけると、ミラードはすぐさまそれを吐き出した。「ここは……ここはどこだ?」

オースチンは自分のレギュレーターをはずして言った。「振り出しにもどった。さっきより位置が高い。スフィア全体に浸水してる。それでも脱出はできる」

オースチンはレギュレーターで息を継ぎ、ミラードにも酸素を吸わせた。ミラードは朦朧《もうろう》としてあたりを見まわした。「きみの友人は？」

「自由に泳いでいると期待してる。われわれもそうならないと」

オースチンは時計を見た。減圧停止なしに脱出できる時間はとうに過ぎていたが、その問題は球体の上部にいることでおそらく解決している。そこから海面までは六〇フィートしかなかった。

オースチンはミラードの注意を球体壁面の裂け目に向けた。

ミラードはうなずいた。

オースチンは指を三本立て、二本、一本と減らしていった。そしてミラードを抱えたままパイプから手を離し、裂け目をめざして泳いだ。水はそれ自体の勢いで回転をつづけて、流れはいくらか残っていた。オースチンは裂け目を見落とさないように壁沿いを移動した。

裂け目の上部は抜けるには狭すぎたが、数フィート下に大きく口をあけた箇所があった。オースチンはミラードを水の深みに引きおろし、そこから海へ脱した。

ヘルメットがないので視界はゼロだった。パワーアシストを起動し、できるかぎりの速さでタンカーから離れた。ときおり泡を流して方向感覚を失わないようにした。

数分間、同じ深さを水平に泳いでから浮上することにして、ゆっくり水面に出た。

バミューダの灯《ひ》を認めると、オースチンは横向きでミラードを引きはじめた。パワーアシストは作動していたが、フィンなしではろくな効果が得られない。それでも藁《わら》をもつかむ思いだった。

泳ぎはじめてしばらく経《た》ったころ、爆発による海水の振動を感じた。海中のタンクがひとつ、またひとつと爆発していた。その数秒後により大きな爆発が起きて、残ったタンクが一斉に破裂したことがわかった。

海面に白い泡が沸《わ》き、その結果生じた波で、オースチンとミラードは海岸方向に流されていった。

パヴァティを見つけたのは、それから二〇分後。

錨《いかり》を下ろしたボートにもどると、オースチンはミラードをダイビング用プラットフォームに押しあげ、自分は梯子《はしご》を昇った。ボートは暗く静まりかえっていた。ザバーラが乗っていないことは明白だった。まだ外洋を泳いでいるのか、あるいは沈没船から脱出できなかったのか。

43

バミューダ北岸

オースチンは、軽い低体温症と頭部の負傷で意識を失ったミラードの容態を安定させることを最優先に考えた。

ミラードをボートの床に横たえて頭の傷に包帯を巻き、荷物用ネットで身体を固定した。頭の下に枕《まくら》代わりの救命具を敷き、分厚いタオル二枚を掛けてやった。

「いまできるのはここまでだ」とオースチンは意識のない男に語りかけた。

そして無線機を高周波域に合わせた。「ジョー、こちらカート。聞こえるか?」

応答なし。

「応えてくれ、アミーゴ。そっちの場所を教えてくれたら迎えにいく」

沈黙がつづいた。ザバーラがヘルメットを回収していなければ、コミュニケーションの取りようもなかった。

オースチンは戦術を切り換えた。「プリヤ、こちらカート」と言ってから、あらためて送信した。「ジョーのトランスポンダーにピンを打って、その位置を教えてくれ。水中にいて応答がない」

耐えがたい沈黙のなかで応答を待ちながら、オースチンはトランスミッターが正常に作動していることを確認し、もう一度送信ボタンを押した。「プリヤ、応答せよ、こちらカート」

聞こえるのは海風とボートの舷側《げんそく》を叩く波音ばかりだった。

「わかった」オースチンはマイクをフックにもどした。

エンジンを始動して錨を上げ、スロットルを前に倒した。パヴァティが動きだすと、加速させながら左へ舵《かじ》を切り、破壊されたLNGタンカーが沈む海域をめざした。

バッテリーのスイッチを入れ、ボート内の全照明を点灯させると、いま一度無線機をつかんだ。「ジョー、これが聞こえてるなら、おれは投錨《とうびょう》地点から沈没船まで一直線に進む。海にいるなら手を振ってくれ」

四半速でボートを走らせながら、オースチンは暗視ゴーグルで前方の海を見渡した。探していたのはザバーラだが、海洋ブイに繋《つな》がれていた貨物船がいなくなっていることに気づいた。水平線に目をやると北へ向かう数隻《せき》の船影が見えたが、そこに貨物船がいたとしても判別はできなかった。

そっちはいい、いまはザバーラを見つけることが先決だ。残骸が漂流する海域にはいると減速し、目に留まるすべてを慎重に見きわめていったが、友の気配はいずこにもなかった。

あたりを周回しながら、オースチンは再度救援を求めた。「プリヤ、こちらカート。無線のそばにいるんじゃなかったのか。ジョーの行方がわからない。おそらく怪我《けが》をしてる。彼の位置を知らせてもらいたい」

ようやく、無線が雑音とともに息を吹きかえした。スピーカー越しに女の声が聞こえてきた。〈お友だちのジョーは死んだわ〉冷たい声だった。〈あなたがわたしのラボを破壊して殺したのよ。それだけの価値があるといいけど〉

「テッサか」オースチンは声の主を思いだして言った。

〈そう、それがわたしの名前。そして、いまはわたしもあなたの名前を知ってる……カート……オースチン〉と名前の部分を引き延ばすように口にしたが、あとは早口でつづけた。〈誰に聞いたか、どうやって言わせたかはお察しのとおり。あなたの小柄な助手は見かけによらず手強《てごわ》いのね〉

優先順位が瞬時に入れ代わった。テッサはプリヤを拘束している。訊くまでもないことだった。オースチンは舵輪《だりん》を回してスロットルを全開にし、グレートサウンドにもどる針路を取った。

「今度は罪のリストに誘拐を追加する気か」とオースチンは言った。「捕まったときに不利に働くぞ」

〈可笑《おか》しな人ね〉とテッサは言った。〈ここにわたしを裁く人間はいない。いるとしても、もう手遅れね。わたしは五分後にこの島を離れる。そしてカート・オースチン、あなたと会うことも二度とない〉

テッサがバミューダに留まる気がないことは、オースチンにもわかった。この島の首相がいかに彼女におもねろうと、アメリカ政府や国際社会から圧力がかかればたちまち立場を変える。

「きみは終わりだ」とオースチンは言った。「あの現場には、午前中にアメリカ海軍のダイバーが派遣されて、ランチタイムにはきみの国際逮捕令状が出る」

テッサの声のトーンが上がった。〈終わるのは石油の時代のほうよ……それに、このお嬢さんの命だけど……あなたが邪魔をする気なら〉

なんとしてもテッサを止めたい。オースチンを乗せたボートは、波をかすめ飛ぶように全速で疾走していた。〈モナーク〉はおそらく、些細《ささい》なダメージを受けただけでも離水できなくなる。そのダメージをあたえる方法を、着くまでに思いつかなくてはならない。

「考えてみろ」とオースチンは言った。「世界がきみにひれ伏したり、きみの思いのままになるなんてことはないんだ。すべての国が石油を必要としている。きみは全世界を敵にまわすことになるんだぞ」

自信満々の答えが返ってきた。〈それは正反対じゃないかしら。わたしたちはすでに世界の主要な油田の半分を細菌感染させている。いまはまだ一部で産出量が減りはじめた程度だけれどご心配なく、増殖は止めようがないし、状況はやがて急激に悪化していくから。数カ月のうちに、世界の石油の大半が閉じこめられたまま使えなくなる。下手に掘れば《アルファスター》並みの大惨事を惹《ひ》き起こす。そして地中に餌《えさ》となる石油があるかぎり、細菌は成長して増殖する。つまり、わたしは問題じゃなくて、解決策なの。だいじょうぶ、あなたたちが一掃されたあとも世界は私を受け入れてくれる〉

テッサの一言一句に耳を傾けていると、背景には甲高《かんだか》い騒音が聞こえた。〈モナーク〉のジェットエンジンが回転数を上げているのだ。飛び立つのは時間の問題だった。

オースチンは無線機をフックに掛けると操船に集中した。猛スピードで進むボートは、すでにグレートサウンドの入口に差しかかっていた。岸に向けて舵を切り、その水しぶきが海岸道路を濡《ぬ》らすほど陸地に近づきながらスパニッシュ・ポイントを突っ切った。

テッサの屋敷まではまだ数マイルの距離があったが、水陸両用機の離水には長い滑走が必要になる。そこで、彼女の島をめざすのはやめてグレートサウンドを横切り、迎撃地点を探すことにした。

目視した時点で、〈モナーク〉はすでに移動を開始していた。上を向いた尾翼部分と、海を照らす機首と両翼の灯火が見えた。水陸両用機は湾の外に出て、離水に備えた滑走のスタート地点へとタキシングしている。

オースチンは帆船一隻と多数のヨットの間を縫うようにして湾を西に横切った。そうやって船を迂回《うかい》した先は、〈モナーク〉の離着水用にあつらえられた海域だった。

オースチンは白い航跡を曳《ひ》きながら鋭く舵を切り、船首を南に向けた。一マイル離れた〈モナーク〉が、加速しながら北上してくる。

無線が音をたてた。〈こちらから見えないとでも思ってる？〉テッサの声には怒りと不快感がにじんでいた。圧力を掛かれば、彼女は間違いなく攻撃を選ぶ。〈邪魔するなら轢《ひ》くわ。虫けらみたいにつぶしてやるから！〉

オースチンはふたたび無線機をつかんだ。「機首にでかい穴をあけたまま飛べるように、幸運を祈ろう。たぶん水から浮きもしないだろうが」

テッサが針路を変えるとは思えなかったが、ここはパイロットの理性に賭《か》けることにした。オースチンはスロットルを倒したまま、迫りくる巨獣に船首を向けた。〈モナーク〉搭載の巨大エンジン六基が一秒ごとにその哮《たけ》りを増し、じきにパヴァティのV‐8の唸りを掻《か》き消した。

オースチンは〈モナーク〉のライトを目に入れないようにしながら前進した。

〈モナーク〉の機内では、パイロットたちが恐怖に蒼《あお》ざめていた。

「針路を変えようとしません」とひとりが言った。

「こっちも無理だ」と別のパイロットが答えた。「スロットルをもどします」

「だめ」とテッサが叫んだ。「さあ、キャビテーションを！」

副操縦士がスイッチを叩くと、機体の腹部にある通気孔が開いた。何千という小さな孔から大量の圧縮空気があふれ出すと、水のグリップは一瞬で破壊され、〈モナーク〉は宙に飛び出した。

相手のライトに眩惑《げんわく》され、オースチンは離水の瞬間を見なかった。だがライトの向きが唐突に空を向いたと思うと、〈モナーク〉はすでに頭上で轟音《ごうおん》をあげていた。〈モナーク〉はわずか一〇フィートの幅でボートとの接触を免れたが、オースチンは背後から噴流を食らい、パヴァティは渦に呑まれてあやうく転覆しそうになった。パヴァティは二度スキップした。オースチンは修正しながら転覆を回避するとあらためてスロットルを開き、〈モナーク〉の航跡が残る滑らかな水面をめざした。そこでようやくボートのスピードを緩めた。

オースチンはパヴァティを四分の一回転させ、スロットルを完全にもどした。北の方角に目をやると、上昇をつづける〈モナーク〉が旋回していくのが見えた。不意にライトが消え、巨大な機影が夜の闇《やみ》に溶けこんでいった。

ザバーラがいなくなり、プリヤがいなくなって、オースチンに残された成果は海底で破裂した船と、意識を失い、ことによると昏睡《こんすい》状態におちいった科学者だけだった。

オースチンは無線のマイクを取り、通話スイッチを押した。「聞こえていることはわかってるんだ、テッサ。きみがどこへ逃げようと、どこに隠れてどんな友だちがいようと関係ない。かならず捜しだして落とし前をつける。たとえ地の果てまで追うことになってもだ」

44

ワシントンDC

　オースチンはNUMAのプライベートジェットでワシントンに到着した。機が停止した場所には、救急車と灰色のSUVが待機していた。オースチンはパイロットの助けを借りて担架を降ろすと、ルディ・ガンと海軍の医療チームのもとへ向かった。担架を移動式ストレッチャーに載せ、医療チームに後を引き継いだ。「記録用の氏名が必要です」と隊長が言った。

「身元不明《ジョン・ドウ》だ」とオースチンは言った。「まあ、ヨナと呼んでもいい。クジラの口から吐き出されたんだ」

　隊員はクリップボードに両方の名前を書き留めると、あらためて患者のバイタルをチェックした。いくつか質問を終えたのち、彼らは待たせていた救急車にストレッチヤーを載せ、走り去っていった。

ガンが前に進み出た。「あれはジョーじゃない。バミューダからの連絡だと、きみはジョーを連れて帰るということだった」

「あの男を病院から連れ出すのに、ジョーの名前とIDを使うしかなかった」

「何者だ?」

「名前はパスカル・ミラード」とオースチンは言った。「テッサの下で働いていた遺伝子工学の研究者。細菌の生産施設の責任者。脱出時に頭部を負傷した」

「で、彼を拉致《らち》したのか?」

「容態を安定させることが優先だったので。しかし彼を島に残してきたら尋問できない。それに、われわれが身柄を確保したとテッサに知れたら、彼は深刻な危険にさらされる」

ガンはまじろがなかった。「わかった。ジョーはどうした?」

ここでオースチンは言葉に詰まった。「バミューダの沿岸警備隊がいまも捜索中だが、状況は芳しくない」

「というと?」

「船が沈んでいたのは、暗礁《あんしょう》にあいた幅一〇〇〇フィートの穴のなかだった。船が爆発した際に、ジョーがその上か近くにでもいたら、まず助からない」

外部の人間なら、オースチンのその言葉に衝撃を受けるかもしれないが、ガンは特別任務部門の長のストイックな姿勢を誰よりも理解している。目の前に仕事がある以上、感傷や嘆きといったものは後回しにするだろう。「行方不明者は身内の人間であると、現地の当局者に念を押しておく」

「われわれにできるのはそこまでで」とオースチンは応じた。「〈モナーク〉については？　ジョーを失ったかもしれないんだ。プリヤまで失うつもりはない」

「捜索中だ」ガンはそう言ってSUVを指さし、歩きながらつづけた。「だが、見えない幽霊を捜すようなものでね。機体がステルス素材に覆われているうえに、レーダー圏外の海上を飛行している。南米からノルウェーまで、どこにいてもおかしくない。湖や川でも、湾でも入り江でも、どこにでも降りられる。空港や使われていない滑走路、固いダート、氷原は言うまでもない。複数の衛星で捜しても見つかる可能性はごくわずかだ。しかも格納庫に入れていないという条件が付く」

「あの怪物を隠せる格納庫はそうはない。降りられる場所でいえばそのとおり、厖大《ぼうだい》な数になるでしょうが、それでも数は限られる。幽霊よりはましだ」

「むろん、われわれは見つけるまで捜しつづける。ただ簡単なことではないし、すぐにというわけにもいかない」

「貨物船のほうは？」とオースチンが訊《たず》ねた。

ふたりはSUVのところまで来た。「別の問題があって、結果は同じだ」とガンは説明した。「バミューダはいくつもの主要航路の路線上か、または路線からごく近くにある。きみとジョーが見たというその船舶の移動可能な範囲内には、貨物船やコンテナ船は何百隻といる。何らかの識別情報がなければ特定のしようがない。また乗組員に多少なりとも分別があれば、証拠はすでに隠滅済みだろう」

「となると、話はミラードにもどってくる。彼こそわれわれに残された唯一の手がかりだ」

「彼は昏睡状態にある」とガンが指摘した。

「昏睡は医療的に誘発されたものだから、この時点で適切な薬を処方して覚醒させれば、テッサが隠れそうな場所をふくめて話を聞き出せるんじゃないかな」

ガンは車のドアロックを解除した。「まずはホワイトハウスへ行く。大統領がきみに会いたがっている」

「いまはちょっと忙しいな」とオースチンは言った。

「これは任意の招待じゃない。今回のことを受けて、この任務におけるわれわれの役割が再検討されているんだ」

ガンはそう言って車に乗りこみ、オースチンは助手席におさまった。

「瞬《まばた》きする暇もないってときに」とオースチンは言った。

「それは大統領に言ってくれ」とガンは言った。「できれば、それを大統領に信じさせてくれ」「さもないとプリヤを捜す時間がなくなる」

ペンシルヴェニア・アヴェニュー一六〇〇番地に着くと、そこからは裏門から通用口にはいり、厨房を抜けるという不吉な道順となった。ガンとオースチンは大統領執務室ではなく地下のシアターに通された。大統領はそこでハリウッド黄金時代の映画を楽しんでいるというもっぱらの噂になっている。

シアターに人はいなかったが、白黒映画が上映されていた。ほかにすることもなく、ガンとオースチンは席に着いた。

スクリーンでは、エロール・フリンがクリミア人砲兵に攻撃を仕掛けようとしていた。フリン最大のヒット作のひとつ『進め龍騎兵』である。

「半里なり／半里なり／前進すること半里なり」と背後で声がした。「死の谷に乗り入る／総勢六〇〇騎」

オースチンは通路をやってくる大統領を顧みて、ガンとふたり立ちあがった。

大統領は身振りでふたりを座らせた。「諸君に知らせたくはないことだが、われわれは奈落の底に向かっている」

大統領はふたりにそれぞれ新聞を渡すと着席した。オースチンが受け取ったのは〈ウォール・ストリート・ジャーナル〉だった。一面に新たな石油不足を訴える太字の見出しが躍っていた。

油田枯渇
新発見は期待はずれ。需要増大。

ガンの手にはピンク色の紙面のイギリス紙〈フィナンシャル・タイムズ〉があった。そちらの見出しはより不吉なものだった。

世界の石油はなぜ突然消えたのか？

「読むのはあとでよろしい」と大統領は言った。「とりあえず、秘密が洩れたとだけ言っておこう」

「作為的なものですか?」とガンが訊ねた。

「そこは疑いの余地がない」と大統領は言った。「二紙に出た詳細がそっくりであることから、情報の出所は同一だとわかる」

ガンは新聞を置いた。「反応はいかがですか?」

「けさの原油価格は一バレル三〇ドルの値上がりではじまった」と大統領は言った。「そこから先物取引きも上昇をつづけている。週末には価格が二倍になるかもしれない。よもやの激震だ。〈アルファスター〉の惨事後の状況と、それ以前の緩やかな上昇を加味すれば、原油価格は一年まえの三倍となって、なお上がりつづけるだろう」

「まずいですね」とガンは応じた。

「そうだ」と大統領はつづけた。「ほかの株価はすべて暴落している。テレビの連中は下落、景気後退、恐慌といった言葉をしきりに発している。バックミラーを覗けば、私が話した経済のメルトダウンが急速に近づいているのがわかるはずだ。私はNUMAが、それを回避する力を貸してくれるものと期待していた」

「進展はあります」とガンは言った。

「バミューダで沈没船を爆破するというのは、私が関心を寄せる進展ではないな」

オースチンは声をあげた。「捉えた好機を生かすことができませんでした。そこに弁解の余地がないとすれば、責任は私にあります」

大統領は、いきなり事の核心にふれたオースチンに息を呑んだ。叱責《しっせき》される立場の人間は、ともすれば必死に話をそらそうとするものである。

「つまり、さっさと殺せということかね」

「死にたいなどとは思っていませんが」とオースチンは言った。「この問題に関しては、話し合いで多くの時間を無駄にしています」

大統領は長い脚を組むと、物思わしげにうなずいた。「きみの行方不明の同僚のことはルディから報告を受けた。私もお悔やみを言いたい。痛手は相当なものだろう。その口ぶりからして、きみは闘いから脱落する気はなさそうだ。そこは私も敬服する。では、次のラウンドがちがう結果になるとする根拠を聞かせてもらおうか」

「それはもう標的が判明しているからです」

「そうなのか?」

「テッサ・フランコです」とオースチンは言った。「われわれは彼女を押さえて真実を明らかにします」

大統領の顔に困惑がよぎった。「テッサ・フランコ?」

「ご存じですか？」

「誰もが知る名前だ」と大統領は言った。「けさも新規株式公開《IPO》と、七州での燃料電池工場の建設計画について発表していた。上院、下院の議員たちが彼女を褒《ほ》めそやして、事業の争奪戦をくりひろげている」

「当然でしょうね」とガンが言った。

「興味深い人物に狙いを定めたものだな」と大統領が付けくわえた。「彼女はいま、この惑星で誰よりも手出しがしにくい相手だ。ひとつにはアメリカ人ではない。アメリカとフランスの二重国籍を持っている。うかつに拘束できない。そのうえ、彼女はメディアの寵児《ちょうじ》だ。この石油危機から人類を救おうと孤軍奮闘する、世界の英雄さながらの扱いだ」

「彼女こそが石油危機なんです」とオースチンは強調した。「例の細菌を造り出して世界中の油田に注入し、その結果が出るのを待ちかまえています」

「そうだ、細菌といえば」大統領はそう言ってガンを見た。「昨夜、きみのところの人間がその標本を持ち帰ったそうだな」

「なんの問題もなく、というわけではありません」とガンは言った。「ポールとガメーは途中、何者かに襲われています。ふたりはそれを切り抜け、やっとのことでビロキシーまでたどり着きました。そもそもの問題は、連邦緊急事態局《FEMA》の職員に工作員が紛れこんでいたことなのですが、ふたりは道中、きわめて執拗《しつよう》なシージャック犯と闘うはめになりました」

オースチンにとって初めて聞く話だった。「標本はいまどうなっているんですか？」

「分割されたよ」と大統領が答えた。「半分は疾病管理予防センター《CDC》のチームに、半分はネヴァダの米軍細菌戦部隊に渡った。そのふたつのグループで細菌をつぶす方法を探すことになるんだが、報告によると、殲滅《せんめつ》する方法を開発して世界規模で展開できるまで一年、二年はかかるということだ。それも弱点があればの話だと」

「弱点はあります」とオースチンは言った。「そうでなければテッサも、あえて危険を冒してまでポールとガメーの標本持ち込みを阻止《そし》しようとするはずがない」

「それはそうかもしれないが」と大統領は言った。「時間が敵であることに変わりはない」

「作業効率を上げられる人物がいます」とオースチンは言った。「ミラードという男です。テッサの下で働いていたフランス人科学者です。この細菌がどのように生成され、どこに弱点があるかを知る者がいるとすれば、それはミラードです」

「そのミラードはどこにいる？」

「ベセスダ海軍病院です。お訊ねになるまえに答えますが、彼がこちらにいるのは、私がバミューダの病院で拉致したうえで、死亡した可能性がある友人の名前とIDを使って空港の保安検査を通し、事実を伏せたままNUMAの飛行機に乗せたからです。私が二〇分まえに着陸するまでは、ルディもまったく関知していません。報告がないのはそのためです」

大統領は猜疑《さいぎ》の目をオースチンに向けた。

「ミラードは生産拠点があった船にいました」とガンが捕捉《ほそく》した。「カートは彼を連れてもどるのが得策と考えたのです、そうすれば彼の知識を手に入れられると」

「彼を覚醒させる必要があります」とオースチンは言った。

「覚醒？」

「いまは医療的に誘発した昏睡状態です」

大統領は口を閉じ、ふと理解しがたい表情を見せた。「たとえその男が共犯であるとしても、現時点でいきなりテッサを追うことに益はないだろう。しかし、それでお手上げというわけじゃない。証券取引委員会《SEC》に圧力をかけて、彼女のIPOに関わる書類作成を保留させ、通常の範囲をはるかに超えたあらゆる書類とデータの提出を要求させよう。その間にミラードの協力も得られる。さっそく彼を起こしてくれ」

45

ベセスダ海軍病院

ミラードは個室に収容され、厳しい顔つきの海兵隊員二名が廊下の両端を、別の二名が病室のドアの前を警護していた。

オースチンの目にも好ましい厳重さだった。

ミラードの様子を確かめて容態に変化がないとわかると、オースチンはベセスダの医療サービス部長および医長との話し合いに臨んだ。

ミラードを目覚めさせるリスクについて、白熱した議論がつづいた。決着を見たのは大統領令が届いた後のことである。医長は白髪を短くカットし、青緑色のフレームの眼鏡をかけた厳格な物腰の女性で、難しい判断を迫られそうな処置にあたり、他の医師に任せず自らが担《にな》うことを選んだ。

看護師と麻酔医の助けを借りながら、医長はミラードの覚醒に取り組んだ。オースチンはすこし離れた椅子に座って処置を見守った。

ミラードを昏睡から回復させるプロセスは、時間のかかる退屈なものだった。まずは処方された薬物の影響を取り除き、傷の手当てをする必要があった。

治療を進めながら、医長がオースチンに話しかけた。「わたしにとって、あなたは謎《なぞ》よ、ミスター・オースチン」彼女は患者の状態を注視しながら、オースチンには目を向けずに言った。「あなたは身の危険を冒してこの人を救出したと聞いてる。燃える船から引きずりだしたというのは本当なの？」

「そんなところです」とオースチンは認めた。

「それはあなたが軽油の臭《にお》いをさせて、ふたりにあちこち焦げ痕《あと》があることの説明にはなるけど、こんなふうに彼の命を危険にさらそうとする説明にはならない。彼の脳に腫《は》れがあることをちゃんと理解してる？　いま覚醒させることにはリスクが伴うわ。命を奪うことにもなりかねない。あなたはそれを望んでる？」

「もちろん、それはちがう」とオースチンは答えた。「簡単な決断じゃなかったが、私たちには彼が知る情報が必要なんだ。だから、どうかベストを尽くしてください」

医長はそれ以上なにも言わず、ミラードに専心した。バイタルを調べて静脈点滴に新たな薬剤を追加し、準備した注射器の中身を再確認した。

それから二〇分で、ミラードは覚醒に近づいた。心拍数、呼吸数が増加して、血圧が上昇した。

「もどってきています」と看護師が言った。

「脳波《EEG》に変化が見られない」と医長が応えた。「脳の活動はまだ植物状態よ」

別の薬剤が投与されて、ようやく脳波が動きはじめた。

「意識がもどるわ」

オースチンは立ちあがって近づいた。ミラードは目を覚ましかけていたが、様子がおかしかった。身体に顫《ふる》えが走った。それは左手にはじまり、腕から肩へ進んで、たちまち頭と頸部《けいぶ》に達した。

そして、なんの前ぶれもなく激しく脚をばたつかせると全身をこわばらせた。

「痙攣《けいれん》の発作よ」と医長が言った。「エピトルを追加」

ミラードが動かないように医長と看護師が押さえるあいだに、もうひとりの看護師がワゴンから小さなバイアルを取って注射の準備をした。皮下注射用の薬剤がシリンジに満たされると、看護師はその側面を指で弾《はじ》き、プランジャーをすこし押して気泡を取り除いた。

「急いで」

手渡された皮下注射器で、医長が薬剤を射った。

手の顫えは残っていたものの、ミラードの発作はほぼ瞬時におさまった。一分ほど落ち着いていたが、また動きだした。この動作にはあまり不自然なところはなかった。やがて目蓋《まぶた》が開いた。

医長がいくつか質問すると、ミラードはほとんど聞き取れない声で応答したが、医長を安心させるには充分なものだった。医長はオースチンを振り向いた。「もう話ができるわ。どこまで聞き出せるかはわからないけれど。こういう頭部の損傷は、記憶喪失や混乱を招くことがあるので」

オースチンはミラードの傍らにデジタルレコーダーを置き、スイッチを入れた。身を乗り出すようにして相手の注意を惹いた。「聞こえるか?」

科学者は反応を示さなかった。目はうつろで焦点が合っていない。すると唐突にのたうちはじめた。今度は痙攣ではなく、ベッドから起きあがろうとしているようだった。「船が爆発する。外へ出ないと」

「ここは外だ」とオースチンは言った。「きみは病院にいる。ぼくらは泳いで逃げた。憶えてるか?」

ミラードが力を抜いたのはほんの数秒のことで、ふたたび暴れだした。口にしたのはフランス語で、オースチンには理解できなかった。たとえ理解できたとしても、まともな話をしているとも思えなかった。が、とりあえず録音はしている。

「こっちを見ろ」とオースチンは語りかけた。「ぼくがわかるか?」

フランス語の独白がやんだ。ミラードはオースチンに目を合わせると英語にもどした。「つかまって……これで呼吸を……だめだ……だめだ……」

それは沈没船内で、オースチンがミラードにかけた言葉だった。「そのとおりだ」とオースチンは言った。「パニックを起こしたら置いていく。脱出するときに、ぼくがきみに話した言葉だ」

ミラードはやにわに跳ね起きた。「脱出しないと。この船は爆発する」

「もう脱出したんだ」とオースチンはなおも言った。「きみは助かった」

「船が爆発する」ミラードはくりかえした。「爆発する」

オースチンの努力もむなしく、ミラードは平静を取りもどしたと思いきや、すぐパニック状態にもどった。オースチンが何を訊ねても、ミラードは脱出しないとの一点張りで、まるで泳ごうとするかのように両腕を動かした。

オースチンは医長を見た。「いったい何が起きてるんです?」

医長は答えた。「頭部の外傷は短期記憶に影響をあたえることがよくあるの。自動車事故で運ばれてきて、何時間も同じことを言いつづける患者もいるわ。ごく簡単に言えば、船から脱出したことが脳に記録されてないってことね。あなたがきみは助かったと言うと、彼はそれを受けてほっとするけど、すぐに忘れてしまう。忘れたとたん、思いだせる最後の瞬間、つまり船のなかにもどってしまう。傷がついたレコード盤みたいなものね、思考が同じ溝に跳んでもどってる」

「長期記憶のほうは？」

医長は眼鏡を押しあげた。「鮮明に残っているとは言い切れないけど、外傷を負う以前の記憶に、この手の誤認が起きることは普通はないわ。過去に遡《さかのぼ》れば遡るほど、影響を受けにくくなる」

オースチンはミラードに向きなおると、その両肩をつかんだ。「しっかりつかまって。ぼくがきみを船から連れ出す。ただし、暴れるのはなしだ」

ミラードは弱々しくオースチンにつかまったが、今度は落ち着いていた。医長はじっと見守っていた。

「あの細菌のことを話してもらわないと」とオースチンが言った。

「あれは石油を食いつくす」

「それは知ってる。どうしたらそれを止められる?」

「止める?」

「きっと弱点があるはずだ。対抗する手段が」

ミラードは目をそらして遠くを見た。「なかった……あるはずなのに……見つけられなかった……」ミラードはそこまで言うと咳《せ》きこみ、訳のわからないことをつぶやいて茫然《ぼうぜん》としはじめた。

「しっかりしろ」とオースチンは言った。「さもないと、この船に置いていくぞ」

「いやだ」ミラードはオースチンをつかむ手に力を込めた。「この船は爆発する。脱出しないと」

医長がオースチンの肩に手を置いた。「ミスター・オースチン、もう終わりにしてくれ。死滅させる方法を教えてくれ」

オースチンはうなずいた。「ぼくが脱出させてやる。だから細菌について聞かせてくれ」

ミラードは首を左右に振った。「彼らは知っていた……でも死んだ……哀れな者たちが……溺《おぼ》れて……脱出できなかった……」

とりとめのない話がつづいた。オースチンはもっと簡単な質問をすることにした。

「どこに行けばテッサに会える?」

「彼女がわれわれに会いに来ることはない……この海のなかには……」

「テッサは〈モナーク〉でバミューダを離れた。バミューダにいなければ、どこにいる？」

「誰も知らない。最近はずっといない。それに、われわれは太陽を見ていない」

ミラードを見ていると、何を訊くべきなのかわからなくなってきた。「ほかにラボがあるのか？　生産施設は？　きみがあの細菌をつくりだした記録が残っていそうなところは？」

「パ・モワ」ミラードは乾いた空気を呑みこみ、頭を振りながら低声《こごえ》で言った。

「ル・ダカール……」

「ダカール？」とオースチンはくりかえした。

ミラードは弱々しくうなずき、「レ・フランセ」と言い添えた。「彼らはそこにいる。脱出できずに……哀れな者たちみんなが溺れた……」そこでまたオースチンをつかんだ。「船から脱出しないと……爆発する」つぎの言葉を口にすることなく、ミラードは昏睡にもどっていった。

医長がオースチンと向きあった。「ここまでにして。これ以上は無理よ。脳の腫れが引くまでは安静にしてもらいます」

オースチンはレコーダーを手にしてスイッチを切り、ポケットにしまった。

「彼は何者なの？」と医長が訊ねた。

「それは答えられない」とオースチンは言った。「ですが、多数の惨事の責任の一端を担い、世界的な危機の回避に必要な知識を持っているかもしれない人物であるとは言っておきます。だから、よく看《み》てあげてください。ただし、彼がどちら側の人間かはお忘れなく」

医長からの返答はなく、病室を後にするオースチンの心は、すでにダカールにある遺伝学の研究所探しに向いていた。

46

ワシントンＤＣ

「ダカールに遺伝学研究所は存在しない」

どうしても必要だった数時間の睡眠から目を覚ましたオースチンが、最初に耳にしたのがその言葉だった。

オースチンはベセスダ海軍病院を出ると、ポトマック河畔《かはん》のボートハウスに帰ってカウチに倒れこんだ。つかの間の休息のつもりで目を閉じたが、馴染《なじ》みある自宅の匂《にお》いや音に――階下の作業部屋から漂ってくるニスの香り、熱帯魚の水槽に設置した特大フィルターのモーター音――に包まれて、いつしか眠りに落ちていた。

数時間後、ルディ・ガンからの電話で現実に引きもどされた。

「本当に？」とオースチンは訊きかえした。「ミラードはかなりはっきりとその地名を口にしたんだが」

ガンに動揺はなかった。「中央情報局《CIA》も国家安全保障局《NSA》も、ダカールに遺伝学研究所が存在する可能性はゼロだと言い切ってる。テッサの会社やその地域で活動している子会社がないか調べさせたが、ダカールはもちろん、その周辺地域にもテッサの関与をにおわせるものは一切見つからなかった」

「ミラード、あるいは彼の同僚については？」

「それもまったくない」

オースチンは耳を疑った。「その情報の信頼度は？」

「高いぞ。ＣＩＡには遺伝学的な脅威を追跡する専門チームがある。ミラードはすでに数年にわたりその監視リストにはいっている。彼はフランス、バミューダ、イギリスを行き来していた。アフリカの土は一度も踏んでない」

「ほかにもダカールという場所があるのでは？」

「たくさんある。シリアにひとつ、アフリカ内にあと三つ、インドにひとつ。ロシア中央部にもダカールという名の小さな町がある。だが、テッサやミラードはそのどこにも出かけていないな」

オースチンは天井を見あげた。ここで議論する意味はなかった。「録音のフランス語の部分は？　あれを聞いて、通訳者は何か思いつかなかったのかな」

「ほとんどが不明瞭《ふめいりよう》だった。細菌をつくりだしたのは自分ではないという主張と、最後の〝フランス人もいる〟という発言ははっきり聞き取れたんだが」

「もう一度目を覚まさせることは可能なんだろうか？」

「それも確かめてみた」とガンは答えた。「いまはより深い昏睡状態にある。医者の話では、ここで覚醒をうながせば命を奪いかねないそうだ。しかも、頭部の外傷のことを考えると、目覚めたときの認知状態に関して自信が持てないと。あの男からきみの行動を聞き出せたことが奇跡だ」

「つまり録音をもっと聞きこんで、彼が言いたかったことを解析するしかないのか。ところで、〈モナーク〉のほうはどうです？」

「発見していたらとっくに伝えてる」

「失礼」とオースチンは言った。「引きつづき連絡を」

ガンはそうすると約して電話を切った。

オースチンは立ちあがってキッチンへ行った。コーヒーポットのスイッチを入れ、明かりは消したままにした。コーヒーが出来るのを待ちながら、頭のなかでミラードの言葉を反芻《はんすう》した。

ミラードははっきりダカールと口にした。そこにはフランス人がいるとさえ言った。フランスはセネガルのダカールとその周辺地域を何世紀にもわたって支配してきた。オースチンはレコーダーを手に、セクションごとに再生、停止、早戻しをくりかえしながら、最初から最後まで数回にわたってミラードの発言に耳を傾けた。弱々しい声、苦しそうな息遣い、さらには病室内の雑音もあって、すべてを聞き取るのは容易ではなかったが、同じ言葉を何度も聞くうち、ちょっとした聞き落としに気づいた。「ル・ダカール」オースチンはミラードの言葉を口に出してみた。「ザ……ダカール」

ミラードが話したのは地名ではなく物の名前だった。さらには〝哀れな者たちが溺れた〟というミラードの声を聞いて、その正体を確信するに至った。

オースチンはコンピュータの前に座ると、NUMAのデータベースをチェックした。探していたものはすぐに見つかった。しかしその情報は大まかで、広く一般にアクセス可能な情報と大差がなかった。

これは稀《まれ》なことなのだ。

この説を誰かに真に受けてもらうには、もっと情報が必要になる。そしてその情報が世界のコンピュータ内に見つからないのであれば、別の知識の宝庫にあたるしかない。生身の人間に。

オースチンはキーをつかんで玄関を飛び出した、ジープに乗りこみジョージタウンへ急いだ。めざすはサン・ジュリアン。

47

ジョージタウン

聖《サン》ジュリアンとは、教会でも大学でも病院でもない。海事全般にわたる専門家であり、NUMAの友人でもあるサン・ジュリアン・パールマターのことである。パールマターは海に関する書籍、海図などの資料を数十年にわたって蒐集《しゅうしゅう》してきた。稀覯《きこう》の品を探し出しては大枚をはたいて入手する。オークションや個人間の取引きにくわえ、パールマターには世界に広がる人脈があった。面白いものが見つかったとか、海に秘められた謎に関する噂が出たとなると、その情報が彼のもとに寄せられるのだ。

目的地に着いたオースチンは、隣家の蔦《つた》壁に挟まれたドライブウェイに車を乗り入れた。その壁が城郭都市の胸壁さながらサン・ジュリアン宅の玄関を護っていた。

玄関の先には、ジョージタウンのどの家よりも広大な敷地に大きなキャリッジ・ハウスが建っている。パールマターはもともとあった広い中庭に屋根を架け、後に完全にふさいで自分の宝を収蔵できるようにした。

オースチンはジープを降りてドアをしめた。ここに来るのは久しぶりで、こんな遅くに予告もなく訪問するのは初めてだった。しかし玄関に向かって歩きだそうとしたときには、もうドアが開き、洩れた明かりが地面を照らしていた。

その明かりの大半は、ほどなくシルクのローブをまとった体重四〇〇ポンドの巨軀《きょく》にさえぎられた。

「カート・オースチンがわが家を訪《おとな》うとは」と太い声が響いた。「私は何かしでかしたかな?」

オースチンはこの歓待に笑顔で応じた。サン・ジュリアン・パールマターの顎ひげは長く伸びたまま、唇を隠した口ひげの先端が上を向くスタイルも健在だった。

「サン・ジュリアン」とオースチンは言った。「会えてうれしいよ。ちゃんと寝てるか?」

「チャンスがあればな」

「でも、ぼくがここに来ると、きみはいつもドアのところで待ってくれてる。カメラ? 警報システム? もしかして第六感の持ち主か?」

「すべてにイエスだ」とパールマターは答えた。「それにきみの場合、フリッツがジープの音を憶えてる。ドライブウェイにはいってきたとたん、尻尾《しっぽ》を振りはじめるんだ」

オースチンは笑った。フリッツはサン・ジュリアンの愛犬のダックスフントで、その名前が出たとたん、戸口に姿を現わした。オースチンが初めて会ったころは子犬だったが、いまやすっかり成長して飼い主同様、丸々と太っていた。

「ほらね」とパールマターは言った。「こいつはきみのことが大好きなんだ。べつに繁殖相手になりゃしないのに」

そのジョークにオースチンが気分を害することはなかった。それどころか、声をあげて笑った。これぞ真の友人にたいするサン・ジュリアン・パールマター流の挨拶《あいさつ》なのだ。礼儀正しく応対されたら逆に困惑していただろう。

「こんな遅い時間にお邪魔して申しわけないんだが」とオースチンは言った。「しばらく耳を貸してもらえるかな?」

「もちろん」パールマターはそう答えてオースチンを招き入れた。

オースチンは家主について戸口を抜け、広くも物があふれた家にはいった。高さ五フィートに達する書籍の山、厚さが六インチにもなる海図に覆われたテーブル、消滅して久しい気船会社の船主、乗客、乗組員の航海日誌や記録、日記類が並ぶ本棚の横を過ぎた。

オースチンは目を瞠《みは》った。「いま何冊ぐらいある？」

「一万で数えるのをやめた」

本来の図書室がはるか昔に満杯となって以来、パールマターは自宅の全室とクローゼット、ちょっとした隙間までをその延長として使うようになっていた。資料が一冊も置かれていないのは広々とした厨房だけである。彼はそこでレストランならミシュランの星をひとつ、ふたつは稼げるような贅沢な料理をこしらえているのだ。

「コニャック、それともポート？」自分専用のワインセラーから選《え》りすぐった酒が並ぶバーに来て、パールマターは言った。

「上物を無駄遣いしないでくれ」とオースチンは言った。「ぼくは情報が欲しくて来ただけだから」

「馬鹿なことを」パールマターは年季のはいったボトルから琥珀《こはく》色のコニャックをバルーンスニフター二脚に注《つ》ぎ、そのひとつをオースチンに渡した。

「さて、きみは何を探してる？」

「ＩＮＳ〈ダカール〉の情報だ」

サン・ジュリアン・パールマターの記憶には、コンピュータ並みの速度と正確さが具《そな》わっている。彼は基本的事実をよどみなく語った。「〈ダカール〉は英国から購入されたイスラエル海軍の艦船だ。一九六八年一月に地中海で消息を絶った」パールマターは片方の眉《まゆ》を上げた。「実際、あの年は潜水艦の厄年だった。フランスは〈ミネルヴ〉を、わが国は〈スコーピオン〉を、ロシアは〈K‐129〉を失った。水面下で戦争が勃発《ぼっぱつ》したと考える者もいた。〈ダカール〉の失踪《しっそう》については、イスラエル海軍が公表した時刻と位置が、一年後にガザ近くに漂着した緊急ブイの情報と食いちがっていたことで謎とされていた。イスラエルは捜索を続行したが、遭難地点も残骸が沈んだ場所も特定できなかった。その後、一九九九年にアメリカとイスラエルの合同チームによって、クレタ島の東数百マイルで発見された。以上」

「それは公開されている情報だ」とオースチンは言った。「必要なのは隠された真実でね。故あって、ぼくはこの潜水艦がとある内密の作戦に関わったと信じているんだが、それを裏づける証拠がなにもない」

考えこむパールマターの口ひげがぴくりと動いた。「常識でいえば、その可能性はきわめて低いな」

「なぜ？」

「〈ダカール〉が姿を消したのはテスト航海中のことだ」とパールマターは言った。「乗組員の大半は新兵だった。イングランドでひと月をすごし、イギリスの連中と訓練を受けた。それ自体は珍しいことじゃない。また消息を絶ったのは納品の途上だ。イスラエル軍が配備まえの船を秘密の任務に使うとは考えにくい」

「とはいえ、誤った位置情報を出したというのは、何かが起きていたようにも思えるんだ」

パールマターは考えこむように顎ひげを引っぱった。「あの艦がなにかと噂になっていたことは認めざるを得ない。沈没、失踪、その後の捜索についても物議を醸した。沈没艦の発見を望まない政府が、捜索チームにわざと間違った情報を流したと主張するイスラエルの軍高官もいた」

「結局は発見された」とオースチンは疑問を口にした。「そのうえ、イスラエルは艦橋をふくむ一部を引き揚げたんだな？」

パールマターはうなずいた。「艦全体を引き揚げるという話はあったんだが、沈んでいたのが相当深い場所で、技術的にも困難でコストに見合わなかった」

「不思議なのは、そもそもなぜ検討されたのかってことでね。ぼくもこれまで何隻かのサルベージに携わってきた。よほど重大な理由がひとつでもないかぎり、そんな出費をしようなんて人間はいない。沈んだ船舶に政府が回収したがってるものがあるとか、他人には渡せないものがあるというのが普通だ。そう考えると、〈ダカール〉はイスラエル政府が秘密にしておきたい何かを運んでいたんじゃないかと疑いたくなるのさ」

パールマターはいくぶん苛立《いらだ》っているように見えた。椅子のなかで姿勢を変えてコニャックを口にふくみ、おもむろにグラスを置いた。「ここにはさまざまな種類の資料がざっと何千とある。しかしカート、確信を持って言うが、このなかにきみの説を裏づけるものはひとつとしてない」

「それはわかる。ただ情報のなかには口伝えという形式もあるし、オフレコを条件にきみと話をする人間がいることは知ってる。きみがその約束を尊重して一言も書き留めていないこともだ。それでも、きみはそのすべてを保管している」オースチンは頭の横を叩いてみせた。「ここにね」

パールマターは身をこわばらせた。「噂や皮肉のやりとりは危険だぞ、とりわけ藁をもすがろうというときには。藁を差し出して、きみが溺れるのを見物しようっていう輩もいるんだ。どうもこの一件にはジョーとミズ・プリヤの失踪が関係しているようだな」

「そうなんだ」とオースチンは認めた。そしてこれまでの経緯を過不足なく打ち明け、石油危機とミラードの言葉も絡めて説明した。「目下、手詰まりでね。相手の動きを封じようにも、プリヤを拉致した連中の行方を追跡しようにも、ジョーのことで落とし前をつけようにも、その手立てが見つからない。藁しかないんだったら、こっちは両手でそれをつかむ。だから、〈ダカール〉が極秘任務に関与して、沈んだ際に秘密の荷を運んでいたというような情報があれば、ぜひとも聞かせてもらいたい」

「あの船にはいろいろな噂があるんだよ」とパールマターは応じた。「その大半はくだらないものだが、ひとつ、きみの興味を惹きそうな話を聞いたことがある。何年もまえに——もう一〇年近くになるが、フランス軍史学会の盟友とフランスのすばらしいガストロパブで食事をしたんだ。二本めのワインを飲んでいるころに、行方不明の船舶の話になった。こっちからはNUMAの大発見のリストから話をいくつか披露《ひろう》した——機密以外のものをね。やはり感銘を受けた相手は、それに見合う話を持ち出してきた。で、〈ダカール〉の真相を聞いたことはあるかと訊ねてきた。

当然興味をそそられて、ないと答えた。ならば教えようということになったんだが、それがまたなんとも漠然とした話し方でね。要は、〈ダカール〉は故障でも事故でもなく、フランス空軍によって撃沈されたという話をほのめかされたわけだ」

オースチンは目をすがめた。「フランス空軍？　なぜフランスがイスラエルの潜水艦を？」

パールマターは顎ひげを撫《な》でた。「わが友は話そうとしなかったが、その答えとなりそうなことを別の噂話として語ってくれた。フランスとイスラエルは共同で新型兵器を開発していたというんだな。つぎにアラブが侵攻してきたときに使えるものを。水爆じゃないかと考える者もいたらしい――核開発ならフランスはイスラエルに手を貸していたし、理屈は通る――だが、友は個人的にもっと残忍なものだろうと考えていた。いわく、最終兵器だと」

「最終兵器？」

「友は劇的な言葉遣いが好みでね」とパールマターは言った。「つづく説明を聞いて、それが一度解き放たれたら止められない兵器のことだとわかった。たとえ国境があっても」

「生物兵器か」

パールマターはうなずいた。「今日ではごくありふれたものだが、当時はまだ珍しかった。友によると、協力して開発したこの兵器をめぐって両国が争いをはじめた。不安を感じたフランスが、対応手段の開発を強く主張したんだ。イスラエルはそれに断固反対したが、最後には折れた。生物兵器と解毒剤が完成すると、イスラエルはその一切合切を盗んで〈ダカール〉に積み、本国に向けて出港した。すると、自分たちが開発したものを失うまいとしたフランスが、〈ダカール〉を追って海に沈めた」

オースチンはようやく真実にたどり着いたと感じた。コニャックを口にすると、フリッツの頭を撫でて立ちあがった。

「行くのか？」

「必要な情報はもらったよ」とオースチンは答えた。

「こっちは噂話をしただけだ」とパールマターは正した。「それもきみに訊かれてね。正直さという点で、この友がかなり疑わしい経歴の持ち主であることはお忘れなく」

「きみの友は、きみに真実を話したんだと思う。そのうえ、今回の石油危機を長引かせないための鍵《かぎ》をあたえてくれたかもしれない。失礼するよ。元気で。つぎはもっとゆっくりしてボトルの残りをいただこう」

オースチンは、エネルギーの波が全身に漲《みなぎ》っていくのを感じながらパールマターの家を後にした。ルディ・ガンに電話をかけ、ジープのブルートゥースに接続したスピーカーで話した。

「これから空港に向かうので」とオースチンはガンに告げた。「ポールとガメーのふたりと、深海潜水用の装備一式を一時間で集めてほしい」

めったなことでは驚かないガンも、さすがに呆《あき》れているようだった。「なぜ？」

「クレタに飛ぶよ。潜ってＩＮＳ〈ダカール〉の調査をやる」

「〈ダカール〉……潜水艦の？」

「それこそミラードが言おうとしたことなんだ」とオースチンは答えた。「ぼくが石油破壊菌について訊くと、彼は〝ル・ダカール〟と言った。つまり〈ダカール〉。潜水艦の。地名ではなく」

「こじつけめいて聞こえるが」

「サン・ジュリアンの話を聞くとそうでもない」オースチンはパールマターから仕入れた噂について説明をつづけた。

「ＣＩＡも誇りたくなる諜報網《ちょうほうもう》の持ち主だな」とガンは言った。「しかし、それを信じるにはかなりの飛躍があるし、結論に飛びつくのはじつに危なっかしい。テッサがこの兵器のことを知った経緯は？」

「パスカル・ミラード。彼が橋渡しをした。彼はフランス軍の生物学研究所で長く所長を務め、文民としてもフランスの科学省で同様の役割を担っていた。当時は倫理局局長の肩書もあった。つまり、これらの秘密を知る立場にあったわけで、解雇され非難されたことで、今度はそれを利用する側に立ったと」

「時期は合っているようだ。ミラードの背景についてはわれわれも調べている。今回の石油危機がはじまったのは彼がフランスを離れ、テッサの下で働くようになってからだ」

「ふたりがどうして出会ったのか、それはぼくにもわからない」とオースチンは認めた。「でもどこかの時点で、ミラードはテッサに石油破壊菌のこと、それが〈ダカール〉に残されていることを話した。自身の代替エネルギー会社が業績不振にあえいでいたテッサは、危険を承知で世紀の計画を思いつく。世界の石油を破壊して、それがこの惑星を救うことになると自分に言い聞かせながら、その裏で数十億を稼ぎ出す方法を」

「奇抜な発想だ」とガンが返した。「サン・ジュリアンから聞いた噂と、きみがいま話した事情を結びつけるものはあるのか？　たとえば海底の潜水艦から石油破壊菌を回収して、テッサの手に渡す方法とかは？」

「テッサは潜水艇に航空機、船を自由に使える富豪だ。歴史保存協会という世界各地で活動する団体も運営している。バミューダのＬＮＧタンカーは、彼女が全世界に贈ったプレゼントのひとつだけど、それぱかりじゃない。彼女の動向を調べれば、ミラードが彼女のところで働きだしてから石油危機がはじまるまでに、〈ダカール〉の周辺で歴史保存協会が活動しているはずだ」

「待ってくれ。確認する」

予想以上に待たされたが、その間も、オースチンはスピードを落とすことなく空港に車を走らせていた。「どうかな?」

「どんぴしゃりだ」やがてルディの答えが返ってきた。「二年まえ、彼女の財団は六〇〇〇万ドルを投じて三カ月にわたる地中海東部の深海考古学調査をおこなっている。名目はミノア文明の遺物の目録作成と修復だが、費用と時間に見合う成果は上がっていない」

「場所は?」とオースチンは訊いた。

「調査がおこなわれたのはごく狭い地域だ。〈ダカール〉の沈没地点から一〇マイルと離れていない」

「彼らはアンフォラやポセイドンの像を探していたわけじゃない。石油破壊菌が保管された密閉容器のたぐいを探しに潜っていたんだ」

「よくわかった」とガンは言った。「しかし、すでに彼女が手をまわしてるというなら、〈ダカール〉を捜索する意味があるのか?」

吉報を伝えるときが来た。「パールマターの友人の話だと、その生物兵器には対抗手段があるということだった。反作用剤、解毒剤がね。イスラエルとフランスの対立のそもそもの原因がそこにあった。偶然だけど、ぼくはミラードにその細菌を死滅させる方法について訊ねた。すると奇妙な答えが返ってきた。なかった、見つけられなかった、とミラードは言った。そのときは頭が混乱しているだけかと思ったけれど、いまになると完全に筋が通る。テッサたちが見つけたのは石油破壊菌だけで、反作用剤は見つけていない」

「つまり、まだそこにあるということか」

「そのとおり。沈没船内を隈《くま》なく捜索するのは簡単じゃない。それもあの深さで、こっそりやろうとすれば。彼らの目的からして、石油破壊菌のほうが反作用剤よりはるかに重要だった。破壊菌を手に入れた段階で、反作用剤を探しつづける動機がなくなった。しかし、われわれには世界に向けてあらゆる動機がある」

「空港に向かっているんだな」とガンは言った。

「ちょうど半分くらい」

「そのまま行ってくれ」

「トラブルは覚悟しておいたほうがいいだろうな」とオースチンは指摘した。「標準を超える装備を投入すべきかもしれない」

「きみたちに必要なものは承知している」とガンは言った。「心配するな。すべて用意する。空港に行ったら積み込みに掛かれ。残りはすべてクレタに待機させておく」

48

〈モナーク〉の機内

汗がひと筋、たっぷりした黒髪の間から顔の側面を滴《したた》り落ちていった。顎に達した汗は一滴の鮮血と混ざってデッキに落ちると、ジャクソン・ポロックのカンバスさながら、微かな爆発を起こしてアルミニウムめっきの上に散った。

ジョー・ザバーラはそんな思いに微笑した。題を付けるなら〈血と汗と涙〉。

いまは腕立て伏せのような姿勢で、床と向きあって身体を支えている。拳銃《けんじゅう》で殴られた顎には出血と痛みがあったが、生来のファイターとして、床につぶれることを断固拒否していた。

「覚悟はいい？」女がそっけない声で訊いてきた。

「正直言って、まだできてない」

ザバーラはこの二日、奇妙な状況に耐えてきた。二日というのは自分でそう思っているだけで確信はなかった。

あれはバミューダ沖、テッサの海中生産施設のドッキングスフィアから脱出しかけたときのこと。船全体が揺れて、スフィアに押し寄せてきた水の壁が背後のトンネルに流入した。

ザバーラは水から出て、スフィアの内壁に衝突をくりかえしていた潜水艇によじ登った。おかげでトンネルに引きもどされずにすんだものの、オースチンとミラードの姿を捜していると背後から棍棒《こんぼう》で殴られた。

意識がもどったときには潜水艇の内部で、そこに置き去りにした男たち同様、手足を縛られ口をふさがれていた。潜水艇はLNGタンカーの外殻に出ると、舷側のスライドドアを抜けていった。

浮上した潜水艇から移されたのは例の正体不明の貨物船で、〈モルガナ〉という船名があることがわかった。暗い船倉に監禁され、食事もあたえられなかった。そのもてなしに文句をつけると薬を盛られた。

翌晩、〈モナーク〉に移されたザバーラの住み処《か》は、最下層のデッキにある貨物室になった。飛行中の貨物室は凍るような寒さだったが、着陸してからは暑さと息苦しさがひどいことになった。

快適な設《しつら》えどころか、毛布の一枚もない窮屈な空間だったが、もうひとつの待遇よりはましだった。

「あなたは生きてるぶん、運がいいわ」テッサはもうひとつの運命を示唆《しさ》した。

ザバーラは顔を上げた。テッサは部下を従えていた。ひとりは捕まったあとに貨物船で見た、顎ひげを生やした大男だった。残りはわりと小柄で、何より御用聞きが得意そうな連中である。

「立って」とテッサが命じた。

ザバーラが立ちあがると、テッサは指を鳴らした。もうひとりの囚人が引きずられてきた。

すぐにプリヤとわかった。「ここで何をしてる?」

プリヤはザバーラを見ると目を伏せた。なにも言わなかった。

「彼女がここにいるのは、わたしの飛行機にこれを取り付けるという愚かな真似をしたからよ」とテッサは言った。その手にジオトラッカーがあった。「見つけた彼女をヨットまで尾行して捕まえた。ちょうど、あなたとオースチンがわたしの生産施設を爆破したころ。あれでわたしを止めたと思っているなら、とんでもない勘違いだわ。

施設はほかにもあるし、どうせあそこは閉鎖する予定だった」

「それでお役に立てたんだったら」とザバーラは言った。「おれたちを解放して、引き分けってことにしないか？」

「物事に引き分けはないから」とテッサは言った。「あなたも勝つか負けるかのどちらかだし、あなたとワシントンの仲間は大きな負けを喫することになるわ」

ザバーラは長話を望んでいなかった。「本題にはいろう。おれたちに何を望んでる？」

「あなたは単なる梃子《てこ》よ」テッサはプリヤのほうを見た。「反面、この子には役立つスキルがある。ＮＵＭＡのコンピュータをハックするように、あなたから説得してくれない？」

ザバーラにはその先の展開が読めた。

それはプリヤも同じだった。「やらないわ」

「もちろん、あなたはやる」とテッサは言った。「問題はあなたが折れたときに、ここにいる友だちがまだ歩けるかどうかね」

そう言うとテッサは部下たちに向きなおった。「男の手足を引っぱって。もしわたしたちを失望させたらこの梃子がどんなことになるか、ミズ・カシミールに見せてあげて」

電気コードで縛られたザバーラの手首が左右に引かれた。部下のひとりが同じように脚も引っぱろうとしたが、ザバーラは男の顔面に回し蹴りを入れ、片腕の自由を取りもどした。

大男がザバーラに飛びかかり、ヘッドロックを掛けた。ザバーラは頭を後ろに振って男の顎にぶつけたが、男の腕は抜けなかった。

「いい加減にして!」とテッサが叫んだ。「今度抵抗したら、この子の喉を切るわ」

テッサはプリヤの髪をつかんで喉にナイフをあてがっていた。

「なんてきれいな子かしら」とテッサは言った。「でも、それも変わるの」ナイフが血の味を吸いながら、プリヤの喉から頬へ滑っていった。

ザバーラは抵抗をやめた。優位に立つのはテッサだった。何かをすればプリヤが怪我することになる。それはできない。

テッサはプリヤに注意をもどした。「あなたの友だちは自分のプライドよりあなたを選んだ。あなたは何を選ぶ?」

プリヤは頑《かたく》なに口を閉ざしていた。するとテッサが命令をくだした。「彼の背骨を折って、この子みたいに歩けない身体にして!」

「やめて！」プリヤは叫んだ。黒い瞳《ひとみ》が涙で潤んだ。

「彼には歩きつづけてもらいたいでしょう」

「もちろんよ」

「だったら、あのコンピュータでNUMAにログオンして、彼らが何をたくらんでいるか教えなさい」

ザバーラを見つめるプリヤの涙が頬を伝って床に落ち、ザバーラの空想上の絵画を完成させた。ザバーラはそっとうなずいた。「大丈夫さ」

口にしなくても、ザバーラの思いは明白だった。逃げるなら、まずは生き延びないと。

49

プリヤは床から持ちあげられ、特徴のないデザインの端末の前に座らされた。コンピュータが起動する間に、テッサがインターコムのボタンを押した。「通信アレイを拡張して。こちらの位置と身元は確実に偽装しなさい」

すぐに応答があった。〈リンクアップ完了。ムンバイの偽データノードを通じて接続しました。ここまでは誰もたどれないはずです〉

「ウェブにつながってる」とテッサは言った。「NUMAの機密システムにログオンしてちょうだい」

プリヤはキーボードをたたきながら言った。「はいれないと思うけど。わたしは行方不明者になってるから。あなたに拘束されたと判断してるはず。たぶんクリアランスとアクセスコードがブロックされているわ」

「ふだんオフィスでやるようにログオンしてほしいわけじゃない。NUMAのシステムに関するあなたの知識を使って、むこうの動きを逐一監視できるようにハックしてもらいたい。それから、あなたがメッセージを送ったり、アラームを送信しようなんてたくらむまえに言っておくけど、あなたのやることはすべて、うちの専門家がリモートの画面でチェックしているから。くだらない真似をしたら、友だちのジョーは二度と歩けなくなるわ」

プリヤはテッサのことを凝視した。そこまで残酷になれるとも思えなかったが、テッサの冷たく邪悪な双眸《そうぼう》を見るうち、口にした脅しは全部やりかねないという気がしてきた。

キーボードに向きなおると、プリヤはこの二年、ハイアラム・イェーガーを手伝ってアップデートしてきたNUMAの防御システムへの侵入方法を模索した。そして、我ながらその隙のなさに悩まされることになった。三〇分経っても成功には至らず、その間に機内の温度が上昇していった。

「うまくいかないのね」機体の反対側で、折りたたみ椅子に腰かけたテッサが言った。

プリヤは顔の汗を拭《ぬぐ》い、メモを取りながら弱点を探しつづけたすえ、ついに保護が比較的弱い数個のプログラムにはいりこむことができた。「出張管理部門に侵入した」

「それが何の役に立つの？」とテッサが詰問した。

「わからない。でも、ここからよ」

プリヤは閲覧《えつらん》できる書類を調べていった。大半はレンタカーの領収書や食事券などのありふれたものだった。やがて心が痛むような一件に行き当たった。

「ジョー、あなたのご両親が飛行機でワシントンに向かってる。チケットは死別プログラムの名目でコード化されてるわ。あなたは行方不明で死亡したことになってる」

ザバーラは肩をすくめた。「うちのママもパパも、おれが現われたらおったまげるだろうな。死亡保険金を全額返さなきゃいけないし」

プリヤはあやうく吹き出しそうになった。

「胸にせまる話だけど」テッサが吐き棄てた。「わたしには、NUMAの家族の旅の計画よりもっと知りたいことがある。カート・オースチンはいまどこで何をしているの？」

「彼はワシントンにもどった」プリヤは関連する記録を見つけだして答えた。「でも、いまはもういない。クレタにいるわ」

プリヤにはとりたてて意味のない情報だったが、テッサは大きな衝撃を受けた。いきなり立ちあがると黒い眉を寄せた。「クレタ？　なぜ？　クレタで何をしてるって？」

「さあ」とプリヤが言った。「ポールとガメーのトラウト夫妻も同行して、補給部門がダイビングボートと、深海探査機の使用を許可している。遠隔操作型探査機《ROV》、三人乗りの潜水艇、深海用の大気圧潜水服二着など」

プリヤの背後にまわって端末を覗きこみ、直接その記録を読んだテッサの顔に敵意のようなものが浮かんだ。「その旅の目的を調べて。いったい何を探してるの？」

「その情報にはアクセスできない」とプリヤは言った。「作戦に関するレポートはセキュリティが厳重だから」

「もっと掘りさげて」とテッサはうながした。

「これ以上は無理よ！　侵入が検知されて締め出されるだけ。そうなったら完全にアクセスできなくなるわ」

「そうなって困るのはあなたたちのほうよ」

「おれのコードを使え」ふたりの背後からザバーラが言った。

プリヤは振りかえった。

「たぶんまだ有効だ。そんなにあわてて死んだ男のオフィスを片づけたり、eメールやアクセスコードを止めたりはしないさ。とりあえず試してみたら」

「やって」テッサが命じた。

プリヤはザバーラが走り書きしたコードを慎重に入力した。コードはまもなく承認されて、プリヤ――そしてテッサ――は、特別任務部門のデータベースにアクセスできるようになった。

プリヤはテッサ一味が求める情報を見つけ、その文書を音読していった。重要な部分に近づくと読む速度を落とした。「カートの目的は、ＩＮＳ〈ダカール〉と特定された深海の沈没船」

プリヤにはぴんと来ないその名前の響きがテッサを凍りつかせた。残る情報に自ら目を通すうちに、それまで得意満面だったテッサの顔から血の気が引いていった。が、ショックから立ちなおるや、たちまち色をなした。

テッサは肩幅のある顎ひげの男に向きなおった。「ふたりを貨物室に放りこんで。それからフォルケを捜して、わたしのところに来させて。オースチンと仲間をあの船に潜らせるわけにはいかないわ」

50

ザバーラとプリヤは機体の中層にあるコンパートメントに閉じこめられた。ふたりとも両手を結束バンドで縛られていたが、ザバーラは脚も拘束されていたが、このままでいる気はなかった。

「ごめんなさい」とプリヤが言った。「ヨットを離れたりして。ジオトラッカーを機体に付けてやろうなんて思いあがってた。力になりたかったの。これで主導権を取れるって」プリヤはそこで息を継いだ。「蚊帳《かや》の外に置かれた気がしてた」

「おれだったら、そんなことは気にしない」とザバーラは言った。「命令に背くのはNUMAではよくあることさ。もどったらきみは昇進ものだ」

プリヤは笑みを浮かべたものの、すぐに顔を曇らせた。「もどれたらね。これは悪夢だわ」

ザバーラは傷ついたふりをした。「おれとふたりきりになって、そんなことを言う女性はきみが初めてだ」

「茶化さないで」

「おれを信じろ、状況は好転してる。テッサは本人も気づかないうちに、重要な情報をいくつか洩らした。まずはカートが生きてるってこと。あの船で別れてからずっと気になってたんだ。それ以上に、カートがいつもどおり、敵をひどい目に遭わせようとしてることとさ。その潜水艦が今度の件にどう絡んでいるのか、こっちには見当もつかないが、きみがその名を口にしたとき、テッサの顔は真っ青になった」

「でも、わたしはその情報を渡した裏切り者よ」

「何かを得るには何かをあたえないと」とザバーラは言った。「きみはおれのＩＤでログインしただけだ。テッサは強迫観念に取りつかれたようなところがある。一度アクセスできたら、また使いたくなる。もう一度……もう一度って。そのうち、死んだ男がｅメールをチェックしたことに誰かが気づく。それでカートとルディに、おれたちがテッサに捕らわれてるって伝わる。助けをよこしてくれるかもしれない。こっちの居場所がわかればね」

「でも自分でアクセスできたら、わたしたちは不要になる」

「いつ遮断されるか、彼女にはわからない。となると、こっちもしばらくは生きていられる。ここを脱出する時間はある。大丈夫、ここに長居はしないから」

「どうしてそんなに自信があるの？」

「テッサはたいした看守じゃないからね。彼女は実業家だ。冷酷な人間だってことは間違いないけど、おれたちをここに監禁しておく腕はないな」

「縛られて施錠されてるのに」

「この結束バンドははずせないものじゃない。ほどほどの凹凸《おうとつ》があれば」

「ドアは？」

「こいつは飛行機だ。レヴンワース刑務所じゃない。機体は軽さと弾力性を重視して設計されてる。外板と肋材《ろくざい》には強度が求められるが、それ以外の部分は紙のように薄い素材で出来てる。そのドアだって本気になれば一発で壊せるさ。問題は外にいる武装した見張りだ」

「ずいぶん楽観的なのね。いっしょにいるのはカートじゃなく、わたしなのよ。だって、わたしは走れない。それに敵と乱闘になっても、相手の脚をすくうか足首を咬《か》むぐらいしかできない」

「脚をすくうのは使える。足首を咬むほうはいまひとつだな。きみのすてきな笑顔が台無しになる」

微笑が浮かんだ。「たぶん、脱出はあなたひとりでやったほうがいい。敵の注意を惹きつけることなら、わたしにもできるから」

ザバーラは首を振った。「きみをここに置き去りにするなんてありえない。だから、そんな考えはいますぐ棄てたほうがいい。脱出だって、ここから歩いて出ていく必要はないんだ。この機内には潜水艇、ジェットスキー、ボートが山ほどある。おれのプランでは、それに乗って華々しく自由を手に入れることになってる」

「もうプランを立ててるの？」

ザバーラはうなずいた。「緊急時の対応も想定した複数のステップをね。カートの胡散臭《うさんくさ》い思いつきとちがって、きちんと系統だったプランだ」

プリヤは頰笑《ほほえ》んだ。「詳しく聞かせて」

「手始めは見張りだ」とザバーラは言った。「連中を片づける必要がある」

「どうやって？」

「手近にあるものを利用する」

「手近にはなにもないけど。この部屋は空っぽよ」

「照明がある。照明といえば電気。電気といえば電線だ。航空機の機体には数マイルにもなる電線が走ってるって聞いたら驚く？」

「いいえ」とプリヤは答えた。「大学時代にエアバスのコンピュータプログラムを見たことがある。動力システムはすべてフライ・バイ・ワイア方式で、そこらじゅう回路だらけだった」

ザバーラはうなずいた。「この飛行機には、貨物用パレットの移動に使うクレーンや傾斜路《ランプ》、可動式の床もある。その動力にはどれも燃料電池が使われてる」

プリヤはあたりを見まわした。「電線なんて見えないわ」

ザバーラは手を伸ばし、壁の縁にあたる足もとの傾斜した部分を拳《こぶし》で叩いた。その音で空洞であることがわかった。「隠してあるからね。ただ簡単に手が届くようにしておかないと」

プリヤの顔はすっかりほころんでいた。ザバーラのプランに納得したのだ。

「ディナーまではあと二、三時間」とザバーラは言った。「さっそく仕事に取りかかったほうがいいな」

コンパートメントの外にふたりを立たせて捕虜を監視させると、テッサは信頼する部下二名と顔を合わせた。

「あれだけやったのに、オースチンとNUMAはもうパズルを完成させようとしてる。

あの男を消さないと」

　ウッズが口を開いた。「なんならまた――」

　テッサは先を言わせなかった。「もうあなたの地元の友人を使う気はないから。オースチンとその一味は、彼らの手には余るわ」テッサはフォルケのほうを向いた。「LNGタンカーで殺されかけたあなたなら、やる気になるでしょ。誰かいない？　あなたの裏の知り合いに、オースチンを完全に排除できる人はいないの？」

「古い知人に力を貸してくれそうなやつがいる」とフォルケは言った。「やつらの手にかかると、あとには死体しか残らない」

「民兵？」

　フォルケはうなずいた。

「地中海の真ん中で、オースチンを始末できるような装備を持ってる？」

「やつの最近の任務は、アルバニアから山を越えて抵抗組織に武器を空輸するっていうものだった。ロシア軍が持ってた長距離ヘリコプターを使ってね」

　テッサとしては、もはや外部の人間を巻きこむのは本意ではなかったが、重要な局面が近づいていた。翌朝にはアラト・ブーランと〈コンソーシアム〉との面談が予定されていて、その場にはフォルケとウッズも同席させる必要がある。

「依頼して」とテッサは言った。「むこうの言い値以上のオファーを出して。ただし、中途半端な仕事には一切払わないって念を押す。わたしの要求はオースチンの死。彼の友人と同僚の死。オースチンの船が〈ダカール〉と並んで海底に沈没すること」

フォルケはうなずいた。「手配しておく」

ザバーラとプリヤがいるコンパートメントの外で監視に立ったふたりは、夕食のかなりまえから暇をもてあましていた。座りこんでおしゃべりをしながら下品なジョークを飛ばし、カード遊びに興じたり、交代で居眠りまでする始末だった。

「ウッズに電話しろよ」とひとりが相棒に言った。「いいかげん休憩させるか、食事を運ばせろって」

「やつが厨房の食い物を平らげてないといいんだが」相棒は軽口で応えた。

電話をするとサンドウィッチの皿が運ばれてきた。「ふたつは囚人用だ」と言われた。

囚人用も自分たちで食べる気になっていたが、パンは乾ききってパサパサで、肉は腐っているのか厭《いや》な臭いがした。

「こんなゴミが食えるか」ひとりが言った。

「やつらにくれてやるよ」もうひとりが返した。「腹をこわさないことを祈ろう」

男はフロアを横切ってドアを叩き、「後ろへ下がれ」と命じた。「飯を持ってきた」

足を引きずるようなこもった音がして、見張りは囚人が命令に従ったものと考えた。開錠するとポケットにキーをしまい、ハンドルをつかんだ。

その瞬間、アルミニウム製のハンドルから火花が散った。見張りは機体の反対側まで飛ばされ、トレイが宙を舞った。あおむけに倒れた男の手から煙が立ち、皮膚が焼ける臭いがあたりを満たした。

照明が暗くなり、サンドウィッチの皿が床に落ちて派手な音をたてた。

もうひとりの見張りは仰天したあまり、開いたドアからザバーラが飛び出すのに気づかなかった。顔を上げたときにはザバーラの拳が目前に迫っていた。強烈な一発に首をひねられ、そのまま気絶した。

手応えのあるパンチはザバーラも認める会心の一撃だった。彼はふたりの見張りをコンパートメント内に引きずりこんだ。ドアのそばで、プリヤが二本のワイアのリード線を手にうずくまっていた。

「ものすごい衝撃だった」プリヤは両手に持ったワイアが床や壁にふれたり、電線どうしで接触しないように注意しながら笑顔を見せた。

ザバーラは笑った。ロワーデッキは暗く、明かりは非常灯だけになっていた。「ブレーカーが落ちたらしい。こいつが吉と出るか凶と出るか、答えは待たないことにしよう」

ザバーラはプリヤの横に身をかがめた。「背中に乗れ。恥ずかしがってる暇はない」

プリヤはザバーラの首に腕をまわして身体を引きあげた。ザバーラはプリヤの脚をしっかり支えると、低い姿勢で機体のメインセクションへ向かった。

梯子をめざしながら、ザバーラはプリヤの運びやすさを意識していた。ロワーデッキに降りていくときも、彼女の力強い腕はザバーラの肩と首をしっかりとらえていた。

「ここまでは順調だ」とザバーラは言った。「つぎはテールの扉をあけにいく」

フェラーリやメルセデスのSUVの間を縫って進んでいると、天井の張り出した部分にプリヤの頭がぶつかった。

「痛い」

「すまない」とザバーラは詫《わ》びた。「ちょっと大回りしすぎた。誰かをおぶって走るのは久しぶりなんだ」

「平気」とプリヤは言った。「スピードを落とさないで。ここを出たいわ」

尾部をめざすザバーラが足を止めたのは、シートに覆われた車ではなく、ファイバーグラス製のモーターボートの横だった。ボートの下のパレットが、テッサやクルーたちが車輛《しゃりょう》と貨物の運搬に使うベルトコンベアに接続されていた。ザバーラはスイッチを弾いてバッテリーを起動させ、燃料計を確かめた。「四分の三は残っている。これだけあれば遠くまで逃げられそうだ」

「潜水艇は？」とプリヤが訊ねた。「水中を行けば追跡されないわ」

潜水艇は架台に上げられていた。ザバーラは頭を振った。「クレーンは動きが遅いし大きな音がする。一刻も早くここを出たければあの扉を下ろして、このベルトコンベアを使わないと」

ザバーラはプリヤをそっとボートに下ろし、制御パネルに向かった。標準的な仕様だったが、圧力調節ダイアルにはキリル文字が使われている。どうやらテッサは、この水陸両用機の組み立てにロシア製の部品を使ったようだ。

ボタンを押してシステムの電源を入れると、扉のロックを解除するハンドルを回し、操作パネルのランプが緑に変わるのを待った。緑が点灯するが早いか、すぐに扉の開閉ハンドルを上から下へ動かした。

油圧ポンプが作動して、ランプの縁に開いた隙間から光が現われた。

ランプが降下するにつれ、強風が埃《ほこり》の渦を巻きあげながら奇妙な香りを運んできた。

「おかしいぞ」とザバーラは言った。

ランプが四分の一ほど降りたところで、機内のどこかで電源が切られた。

「気づかれたわ」とプリヤが言った。

「問題ない」とザバーラは言った。「緊急時対応プランがある」

ザバーラは緊急用のリリースハンドルを引いた。油圧が掛からなくなったランプ――それ自体に数百ポンドの重量がある――が勢いよく落下して、全開の位置でロックされた。それで水しぶきが上がる代わりに、どすんという鈍い音とともに砂塵《さじん》の雲が湧《わ》きあがった。

ザバーラは後方を見つめた。海上にいるものとばかり思っていた。〈モナーク〉は水上活動を想定して設計された航空機だが、いまは見渡すかぎりの白い砂漠と砂煙だった。

51

「カートの気持ちがわかったよ」とザバーラは言った。

〈モナーク〉の尾部の先には、乾ききって色の抜けた土が風に舞い、数百フィート先の視界がさえぎられている。水の一滴もなかったが、たとえその先に海があるにせよ、そこまでボートを運ぶすべがない。

「緊急時対応プラン用の緊急時対応プランがあると言って」とプリヤが言った。

「もちろんある」とザバーラは言った。「あるに決まってる」

プリヤはせがむような顔でザバーラを見た。

「水に浮かないんだったら、車で行くだけのことさ」

ザバーラはプリヤをもう一度抱きあげると、箱型のメルセデスG63までもどった。

「こいつならどんな砂漠でも快適だ」

ドアをあけようとすると、デッキを急ぐ靴音が近づいてきた。

「伏せろ」

プリヤはメルセデスの下に転がりこみ、ザバーラは貨物制御盤の陰に隠れた。男ふたりがそちらには目もくれず、開放されたランプに駆けていった。彼らがベルトコンベア上を走っていることに気づき、ザバーラは制御盤を見た。電力はまだ残っている。彼は運転ボタンを押してベルトを動かすと、ダイアルを最速の位置に押しこんだ。

突如加速したベルトの上で、二人組はバランスを崩して四つん這いの姿勢になった。ザバーラはベルトを停め、今度はフルスピードで逆方向に動かした。二人組はランプから砂塵のなかへと送り出されていった。

メルセデスにもどろうと振り向いた瞬間、ザバーラは身を硬くした。

「さすがお利口さんだな」ウッズという名の大男が、拳銃を手に立ちはだかっていた。

「こいつにはゴム弾しかはいってない。でもな、おまえの肌にめりこむぐらいの威力はある」

テッサは護衛たちに、この唯一無二の航空機に穴を穿《うが》つような武器は持たせていなかった。運輸保安局《TSA》の職員が使う弾薬に近いものがある。

降伏のしるしに両手を挙げたザバーラは、耳をつんざくクラクションの音にはっとした。

怯《ひる》んだウッズが思わず後ろを振りかえると、その過ちに気づく間もなくザバーラが襲いかかっていた。ザバーラは大男にタックルを仕掛け、手から銃を奪い取った。

ウッズはザバーラを幼子のように投げ飛ばしたが、ザバーラは銃を離さず立ちあがって発砲した。最初の一発が胸に命中した。だがウッズはたじろいだだけで、また向かってきた。さらにザバーラの撃った三発が膝と脛《すね》と足に当たった。

結局、ウッズの動きを止めたのは爪先《つまさき》に当たった一発だった。倒れた大男は足をつかんで転げまわった。

それにかまわずメルセデスに走ると、すでにプリヤが運転席に座っていた。音もたてずに自力で乗りこんでいたのだ。どうやったのかはわからないまでも、プリヤの行動を枠にはめてはいけないと、ザバーラはあらためて心した。

プリヤはバイザーの上に隠してあったキーホルダーを掲げてみせた。「この緊急時対応プランはどう?」

「すばらしいね」

ザバーラがメルセデスに乗り、ドアをしめるのと前後して、開いたランプのほうから銃弾が飛んできた。ザバーラが扉の外に追い出した二人組が、突然の退場からもどって反撃に転じたのだ。

フロントグラスや周囲の壁に当たったゴム弾が、奇妙な音をさせて方々に跳ねかえった。

「手伝って」とプリヤが言った。

ザバーラはブレーキペダルに足を置き、プリヤがエンジンをかけてギアを入れるのを待った。エンジンに火がはいるとすぐにアクセルに踏み換えた。大型のメルセデスは前方に飛び出し、正面にあったパワーボートをブルドーザーよろしく開口部まで押していった。発砲しながら向かってきた二人組は、ランプを転がり落ちてくるモーターボートと、その後ろでエンジンを轟《とどろ》かせるメルセデスを避けて脇へ飛び退《の》いた。

プリヤはステアリングを切って壊れたボートをかわし、ザバーラはアクセルを目一杯踏みつづけた。

「どっちに行く？」

「きみの好きなほうで」

プリヤは銃線を抜け、一〇〇ヤードほど進んでまたステアリングを切った。砂塵のなかを猛スピードで疾走していくと、巨大な飛行機の翼、エンジン、尾翼が見えてきた。

プリヤは翼の下にはいりこみ、突き出したエンジンポッドをかわして走り抜けた。

「一周してもどった?」とプリヤが訊いた。

「いや」とザバーラは答えた。「これは別の飛行機だ」

新たな方角へ向かうと、一機また一機と飛行機に遭遇した。飛行機はそこかしこに停まっている。一機を追い越すと、砂のむこうに幅のある別の機体が現われる。エンジンの欠落したもの、尾翼や主翼あるいは機体のパネルが剝落《はくらく》しているもの。着陸装置が取りはずされ、浜に打ちあげられたクジラのように横たわる機体もあった。

「なぜ見つからないのか不思議だったけど」とザバーラは言った。「これで謎が解けた。おれたちがいるのは飛行機の墓場だ。ここなら誰にも目をつけられない。ほんのちょっと細工するだけで〈モナーク〉をほかと同じ廃機に見せかけられる」

さらに走ると、また別の機に出くわした。一機をかわすたびにゲートやフェンスが見えてくるかと期待するのだが、一向にその気配はなかった。

「広大な場所だわ」とプリヤが言った。

「空軍基地だったんだろう」

小型機が見えた。古い輸送機があり、そして冷戦期の戦闘機はザバーラにも旧式のミグであることがわかった。

ようやく砂煙のむこうに老朽化したフェンスが見えてきた。その上部に巻かれた有刺鉄線が、ところどころフェンスのたわんだ箇所で垂れさがっている。プリヤは狙いを定めた。「突破できそう」

「行け」とザバーラは言った。

メルセデスはフェンスに向かって加速すると、ぐらついている二本の柱の間に突っ込み、近くの支持材から金網をむしった。ボンネットに引っかかったままの網は、やがてSUVのルーフを擦《こす》るようにして後方に落ちた。

フェンス周囲に沿って連絡道路が走っていたが、そこもやはり寂《さび》れた気配がただよっていた。プリヤが曲がろうとすると、ザバーラはアクセルから足を離した。

「方向転換だ」ザバーラはそう言ってリアウィンドウ越しに様子をうかがった。

「逆方向?」

「いや。フェンスのなかにもどる。急いで」

「せっかく脱出したのに」プリヤがステアリングを回し、ザバーラはふたたびアクセルを踏んだ。

「〈モナーク〉からは脱出した」とザバーラは正した。「むこうはフェンスが壊れた箇所を見つけて、おれたちがここを突破したって思うだろう。そのまま丘陵地帯だかなんだか、砂嵐《すなあらし》のむこうに逃げていったと考える。でもこれで天気がおさまったら、こっちはすぐに見つかって格好の餌食だ。それなら、あそこのゴミ屑《くず》のなかに隠れたほうが手っ取り早い」

すでにプリヤはステアリングを切っていて、ザバーラはアクセルを踏んだ。まもなくフェンスの内側にもどった車は、小型飛行機が並ぶあたりを走った。「あそこの大型輸送機の陰にはいろう」

ザバーラはすばやく左右に視線を走らせた。左手に上がる砂煙からヘッドライトが射してきた。ザバーラは右を指示した。

「あの裏だ」ザバーラは三発のエンジンを搭載した輸送機を指さした。かつてアエロフロートで運航されていたその機体は、傷を負った鳥のように片翼を横たえていた。

プリヤの運転は正確そのもので、他人がペダルの操作をしているとは思えなかった。メルセデスは古い機体の尾翼の後ろに潜りこみ、アルミ外板をきわどくかすめた。

前方には、後部ドアのないロシア製大型ヘリコプターが地面にうずくまっている。

「あそこだ」とザバーラは言った。「あれがおれたちの隠れ処だ」

ザバーラはプリヤが車を立てなおすのを見て、アクセルを軽く踏んでから足を離した。惰力で進んでいったメルセデスは、ザバーラがトランスミッションをローに落とすとさらに速度を落とした。軍用ヘリの最後尾にぶつかってなお前進をつづけた。

いまブレーキを踏めば、赤いランプが灯《とも》って相手に居場所を知らせることになる。そこでテールランプのセンサーとつながっていないハンドブレーキを思い切り引いた。効果はあったが充分ではなかった。

メルセデスはコクピットと貨物室を仕切る壁に当たった。砂塵の嵐を振りまきながら、ヘリコプターは何度か前後に揺れた。プリヤはエンジンを切ってキーを抜いた。

ザバーラは振りかえってほかの車を探した。「息を止めろ」

「それが何の役に立つの？」とプリヤは訊いた。

「すぐにわかる」

リアウィンドウの先に目を凝らしていると、離れたあたりを二台の車のライトが通り過ぎ、境界のフェンスのほうに流れて消えた。

「それで？」

「助けを呼ぶ方法を見つけるのさ」とザバーラは言った。

52

地中海、クレタ島の東
NUMA船〈グリフォン〉

オースチンは〈グリフォン〉の操舵室《そうだしつ》に立っていた。〈グリフォン〉はオールメタル製で、傾斜した船首と動力源のガスタービン・エンジン用に幅広で特大の空気《エア》取り入れ口《インテーク》を持つ全長九〇フィートのボートである。

夜通しのフライトで現地クレタに到着した一行は、そこで〈グリフォン〉に合流した。昼食時も給油と機材の積み込みに費やし、それから二時間かけて〈ダカール〉の沈没地点まで来た。

まだ危険をにおわせるものに出会ってはいないが、オースチンはこのままではすむまいと感じていた。だからこそ〈グリフォン〉を選んだのだ。この船には装甲がほどこされ、秘密の兵器システムを搭載するばかりか、高速性能に秀でたうえに遠隔操作も――必要とあらば自動操船も可能な機能を具えている。

いまは降下していくROVの母船として、穏やかな海流のなか、余裕で位置を保っていた。

「水深八〇〇〇フィートを通過」オースチンの傍らでポールが言った。「あと一五〇〇」

「ソナーが何か拾ったわ」とガメーが言った。

オースチンは腕組みをして椅子に座っていた。「高周波ソナーを発射して、いま一度探ってみよう。フルスケールの画像が欲しい」

ポールはコンピュータのキーボードを叩き、ROVに前進・後退のパターンをくりかえすよう命じた。

「ソナーをバーチャルに設定」とガメーが言った。

複数のソナーリターンがひとつに統合され、モニターの右側に新たな画像が現われた。それはすぐにオレンジ、グレイ、黒のディテールで埋め尽くされていった。

「おかしいわ」とガメーが言った。「位置情報は合ってる?」

オースチンはソナー画像を見た。長年、画像の読み方を学んできただけに、その限界に過剰な反応をしないだけの分別はある。ソナーはスキャンしたものを絵にしてくれる素晴らしいツールだが、水温や塩分濃度のほか、調査対象にソナービームが当たる角度によって画像が簡単にぼやけたり歪《ゆが》んだりする。だとしても、モニターに映る画像はおよそ潜水艦には見えない。

「位置は合ってる」とオースチンはダブルチェックした結果を伝えた。

「降下をつづけてくれ」と、今度はポールに指示を出した。「近づいたカメラが何を捉えるかだな」

五分もすると、ROVのライトが海底を照らしはじめた。

「水平航行で東へ」オースチンはROVの位置を追いながら言った。

ポールがコンピュータ操作でROVを東に向けると、カメラが海底と散乱する破片の高解像度写真を撮りだした。

その画像に見るべきものはなかった。

「堆積物《たいせきぶつ》の漂流がすごい」とガメーが言った。

オースチンはうなずいた。コンピュータが高解像度カメラによる写真と、ソナーシステムからのデータをデジタル処理で組み合わせ、新たな画像を造り出すのを待った。画像処理に多少の時間を要したが、やがて沈没現場の三次元画像が表示された。コントラストをつけるために色調は変えられていたが、画像自体はきわめて鮮明だった。

ソナーの数値を歪ませた原因もはっきりした。潜水艦はもはや一体ではなく、三つのセクションに切断され、そのひとつが他から離れた場所まで引きずられていた。

「誰かがばらばらにしたのね」とガメーが指摘した。

最大のセクションを拡大してみると、鉄の檻《おり》のような足場が組まれていた。「吊《つ》りあげようとしたんだ。丸ごとだと重すぎるから切断することにした」

「やったのはイスラエル人?」とガメーが訊いた。

「いや、イスラエルは展望塔しか回収していない。これはテッサの仕業だ」オースチンはポールを見た。「もう一度、足場付近を通過してくれ」

ポールは旋回させたROVを、残骸の最大のセクションに接近させていった。距離が近くなったことで、潜水艦の周囲と底面に渡され、溶接された囲いがよく観察できるようになった。

「あちこちで壊れてる」とオースチンは言った。「疲労破壊だ。吊りあげる力は充分だったが、囲いのほうの強度が足りなかった」

「テッサの技術者が計算を間違えるかしら?」とガメーが言った。

「ちゃんと理解はしていたさ。しかし、各セクションの重量がわかっても、コンパートメントに水がはいったことで生じる慣性とか、海底から引き離すときにかかる力を把握したことにはならない。それに、水中での溶接は簡単なものじゃない。囲いの損壊は溶接部分で起きてるようだ」

「だんだん興奮してきたみたいね」とガメーが言った。

「もちろん。こいつを艀《はしけ》で持ち去られていたら、連中は時間をたっぷりかけて中身を吟味《ぎんみ》していただろう。こんな失敗をしたんだから、やっと見つけたものを必死で取り返そうとする第二幕はあるはずだ。連中がここに忘れ物をした可能性はますます高まったな」

オースチンは立ちあがった。「調査は終了。各セクションに出入りする最良の方法を探して、目についた危険はすべて把握してくれ。ぼくは〈トレンチ・クローラー〉を準備する。そっちの仕事がすみしだい、下に降りよう」

53

オースチンとガメーは、コミックに登場するロボット風モンスターが混じったようなボディアーマーを着用し、地中海の海底をめざして静かに潜降をつづけていた。丈が七フィート、重さ約三〇〇ポンドの〈トレンチ・クローラー〉は、NUMAが新たに開発した深海潜水用の器材である。シェル内部の気圧を海面と同じ一気圧に保つ、いわゆる大気圧潜水服《ADS》であり、この〈トレンチ・クローラー〉を着れば、減圧停止をせずに深海を長時間潜ることができ、浮上時に減圧室ですごす必要もなくなる。

球根のように丸い頭部、外付けのカメラとライト、人間の腕ではありえない角度に曲がる長いメカニカルアーム、かさばる脚部は膝の屈伸ができる。他のADSとはちがい、高性能アームを持つ〈トレンチ・クローラー〉は、ダイバーがシェル内でその操作ができるように胴部が広くつくられている。

左右の体側に角度の変更可能なスラスターが取り付けられ、背面の空間には電池と八時間ぶんの酸素、緊急浮上用の浮き具、シェル内部から遠隔操作ができる小型の水中ドローン二機が収まっている。

密閉された内部空間にあるオースチンの顔を、左右に二面ずつあるスクリーンの仄《ほの》暗《ぐら》い光が照らしていた。スクリーンにはオペレーティングシステムの状態や、カメラが捉えた画像が表示されていたが、昔ながらの湾曲したヘルメット越しに外の世界を見ることもできる。

オースチンの傍らを降下するガメー・トラウトも、〈トレンチ・クローラー〉の別モデルを着用していた。

「巨人の気持ちがわかるわ」とハイドロフォン越しに言った。

「まさか、ぼくの身長をからかってるんじゃないよな」ポールは海上でミッションを統括していた。

「とんでもない」とガメーは返した。「でも、つぎのデートにこれを着たら、四インチのヒールは要らなくなる」

「店の予約も要らないな。ウェイターが恐れをなして逃げていく」オースチンはふたりの会話に割ってはいった。「そろそろ集中しよう、海底が近づいてきた」

「ソナーによると、きみたちは沈没船の真南にいる」とポールが言った。「ライトを点《つ》ければ、三〇秒以内に目視できる」

外付けのライトを点灯させると、細かな粒子がそれを反射して周囲を明るく照らした。オースチンの左手はスラスターのコントロール上に、右手はキーパッドに置かれていた。

「ライトを下に向ける」オースチンはスーツに取り付けられたライトを動かしていった。

その右上で、ガメーが自分のライトを点灯した。

「六〇フィート」とオースチンは言った。

しばらくは闇しか見えなかったが、やがて眼下に灰色の不毛な平原が現われた。

スクリーンに表示される水深制御表示を確かめると、絶対深度は九七五八フィート、その下の第二の数値はわずかに五〇で、じわじわとゼロに向かっている。「五〇フィート」「中立浮力にスイッチ」

「中立浮力」とガメーが反復した。

オースチンはスーツのバラストを調節しながらすこしずつ降下し、そして止まった。

平らな底面には金属部品や破片、瓦礫《がれき》が散乱していたが、それ以上のものは見当たらなかった。

「潜水艦は見えるか？」

「すこし南に流されたな」とポールが言った。「方向は北。現在地から五〇フィート以内にある」

オースチンとガメーはスラスターを作動させ、フォーメーションを組んでゆっくり北へ移動した。

瓦礫がまばらになり、潜水艦の中央部分の湾曲した外殻が視界にはいってきた。近づいてみると、周囲の足場がどのように崩れたかがよくわかった。オースチンは言った。「どこへ行こうか、ポール？」

「安全にはいるなら反対側にまわらないと。こっち側は損傷がひどすぎる」

今回の潜水は事前に立てた計画に沿っていたが、オースチンとガメーが作業に集中できるように、ポールが全体の指揮を執っている。

オースチンとガメーはまたもスラスターを作動させ、外殻の手前側を移動した。衝撃による損傷や配管、配線その他の破片が、こちらからの侵入の妨げとなっていた。

反対側にまわると、セクション全体がよりはっきり見えた。マリンスノーに覆われ、錆による腐食が進んではいるが、これまでオースチンが見てきた多くの沈没船に較べその前面にも、装置や機械類などさまざまな廃材のデブリフィールドが広がっていた。

「吊りあげて落としたときに中身が出たのか、培養器を探しながら遺棄していったのか、そのどちらかね」とガメーが言った。

「たぶん、両方がちょっとずつだ」

オースチンは速度を落として位置を定め、潜水艦を観察した。なんだか模型の断面を見ているような気分だった。耐圧殻は衝撃を受けたにもかかわらず、均一な円形を保っていた。船体が海底にぴったり接地していないため、甲板は傾いていたが海面を向いている。

「乗組員の居住区と食堂の境で切断したらしい」オースチンはそう言って断面に見入った。「重い機関室がある艦尾と、下層に危険な魚雷庫がある艦首は置いていきたかったんだな。先を読んだ点は多少評価しないと」

「なかにはいってみない？」とガメーがうながした。

船体には開口部があるとはいえ、人間の形をした高さ七フィートのマシンが通れる場所はなかった。

「いや、ドローンを入れよう」

オースチンは命令を発してふたつの赤いボタンを押した。「ドローン・アルファおよびブラヴォー発進」

ドローンの展開とともに、〈トレンチ・クローラー〉にかすかな振動が走った。

「こちらはチャーリーを発進させる」とガメーが応じた。

フットボールの形をしたドローンの使用で、沈没艦内部の調査はかなり楽になるはずだった。ドローンなら隙間やハッチを通り抜けられる。突起物のない滑らかなシェルは瓦礫やケーブルにも引っかからない。全方位に動いて見ることができる。

「こっちはアルファを動かす」とオースチンは言った。「ポール、ブラヴォーはきみに任せる」

「了解」とポールが言った。「テレメトリー、アクティブ。こちらはブラヴォーを操縦する」

三機のドローンが異なるデッキに進入し、そのモーターでわずかな沈泥を巻きあげながら空《うつ》ろなスペースを照らしだした。

オースチンはヘルメット内部のコンピュータスクリーンに目を向け、カメラが捉える艦内の映像を確かめながらドローンを操縦した。調査は時間をかけて慎重に一区画ごと、一フィートごとに進めていった。

これはかなりの時間も要するプロセスである。調査する本人たちは、何を探したらいいのか明確に知らない。とにかく普通でないもの、危険な細菌を低温、高圧の深海で五〇年ものあいだ無事保管してきたもの、という見当があるだけなのだ。

「ドローン・ブラヴォー、医務室を捜索中」とポールの声がした。

「チャーリーは食堂に進入」やや遅れてガメーが言った。

じつはテッサの部下による仕事で、調査がいくらか楽になったところがある。「進行

「連中はハッチや水密扉を焼き切ってくれたらしい」とオースチンは言った。「進行を阻むようなものにはまだ出会ってない」

「上甲板《じょうかんぱん》にはいくつか穴があいてる」とガメーが言った。

「第二甲板でも、舷側にひとつ穴がある」とポールが付けくわえた。「どうやら連中は医務室を荒らしていったみたいだ。ここにはなにも残ってない」

「食堂も同じだわ」とガメーが応えた。「フライヤーも冷蔵庫も保存容器も——なにひとつない」

オースチンも同様の光景を目にしていた。乗組員の居住区にはトランクの一個もない。密閉容器が隠されていそうなものは見当たらなかった。

「ここは終わりにして、機関室のある艦尾を捜索してくれ」とオースチンは言った。

「ぼくはアルファを呼びもどして艦首に向かわせる」

「それは計画になかったね」とポールが確認を入れてきた。

「土壇場《どたんば》の予定変更だ」とオースチンは言った。「連中はここにあったものを根こそぎ持っていった。反作用剤がここにあれば、もう見つけてるはずだ」

「艦首には不発の魚雷が一二本ある」とポールが念を押してきた。

「心配するな。大槌《おおつち》はきみといっしょに〈グリフォン〉に置いてきたから」

オースチンはスラスターを使って潜水艦の前部に向かうと、小さな隙間からドローンを進入させた。

このセクションに物色された形跡はなかった。オースチンはここで探し物が見つかるのではという期待を抱いた。

「船体中央、完了」とガメーが言った。「これから機関室に向かうわ」

「ぼくも後をついていく」とポールが返した。

ふたりのやり取りは耳に届いていたが、オースチンは自分の作業に集中した。前部の区画はどこも雑然として片側に傾き、半ば堆積物に埋もれていた。魚雷は架台から落ち、暗い森の倒木のごとく横たわっていた。衝突時に一個も爆発しなかったのは安全設計の証しだろう。それでもドローンを当てないように注意した。五〇年を経た安全装置が、いまも機能するかを試す気はなかった。

最後の魚雷を過ぎると、沈泥がなめらかに堆積したエリアに出た。ドローンのスラスターが泥を飛ばしていき、やがてブーツの輪郭が現われた。足はなく、骨もない。ブーツの片足のみ。

過去に難破船を調べた経験から、オースチンは、ほぼすべての有機物が沈んで数十年後には海洋生物に消費されてしまうことを知っている。とはいえ、そのブーツの存在はここが墓場であることをあらためて想起させた。その後も淡々と艦首部全体の探索をつづけ、破壊された前部隔壁にたどり着いた。そこから先は砂と海しかなかった。

オースチンはクロノメーターを見た。海底に降りて、すでに四時間近くが経過していた。降下に要する時間と浮上までの時間を合わせ、ほぼ丸一日になろうとしている。

「艦首セクションに発見なし」オースチンは無線に呼びかけた。「機関室か艦尾の居住区にツキはあったか？」

「いま捜索を終えたところ」とガメーが言った。「報告すべきものはないわ」

「そろそろ上がろうか」とオースチンは言った。「さもないと、勤務超過でルディにどやされる。ドローンを回収して浮上の準備だ」

ポールとガメーが指令を確認すると、オースチンはブーツがあった場所にもどしたドローンを、砂にふれるかふれないかの位置まで降ろしていった。泥が舞うと軍服の一部が露出した。つまり、ここで何者かが永遠の眠りについたのだ。

ドローンの前面にあるコンパートメントを開き、小さなアームを伸ばした。オースチンはアームに丸い小石を握らせ、それを軍服の傍らの沈泥に落とした。

ささやかな表敬の礼だった。

それを済ませてアームを格納し、ドローンを外に出そうとして、泥にまみれた金属の物体に目を留めた。真鍮《しんちゅう》のピンバッジだった。特別な任務を遂行した水兵に贈られる勲章である。

よくよく観察すると、その記章には見憶えがあった。長年フランスの潜水艦乗りだった友人がつけていたもので、イスラエル兵のものではない。

オースチンは躊躇なく、それを泥から拾いあげて持ち帰ることにした。そしてドローンを回収し、ガメーとともに海面まで約一時間の長旅を開始した。

浮上する間、オースチンはひとつの疑問にひたすら思いを凝らしていた。フランス空軍によって撃沈されたと思われるイスラエル海軍の潜水艦に、なぜフランス海軍の勲章が残っているのか。

54

イスラエル、テルアビブ
ベン・グリオン国際空港

ルディ・ガンは、ベン・グリオン国際空港のメインターミナルを出て縁石付近に立った。軽いリネンのジャケットを着て、陽射しから頭を守る帽子をかぶっていても、エアコンの効いた建物を出たとたん、八月の熱気に汗が噴き出してきた。

ありがたいことに、早くも白いリンカーンが近づいてきた。

「ミスター・ガン？」と運転手から声がかかった。

ガンはうなずき、ジャケットを脱いで車に乗りこんだ。「ダウンタウンまで、急いでどれくらいかかる？」

「混むことはないですね」と運転手は断言した。「交通量は日に日に減ってます。どちらまで行かれますか？　伝言にはなかったので」

「キリヤの参謀本部ビルまで」とガンは答えた。

キリヤはテルアビブの一地区で、イスラエル国防軍の本部が置かれている。すなわちイスラエル版のペンタゴンである。

ガンは何度か訪れているが、空港を出てしばらくは順調でも、そのうち渋滞につかまるというのがパターンなのだ。だがこの日、ガンが目にしたのは一軒のガソリンスタンドに並ぶ車とトラックの長い列だけだった。「ガソリンの配給制がはじまっているのかな？」

「公式にはまだです」と運転手は答えた。「ただ、かなりのスタンドが店を閉めてます。ハイブリッドと電気自動車を除く車輛に、新しく大型の税金が掛けられたんですよ。税額は走行距離にもとづいて計算されるんで、誰も必要がなけりゃ車を使いません。私はこれが商売なんで仕方ないですが」

ガンはシートにもたれた。ガソリンスタンドの行列は、出発まえのワシントンでも目にしていた。いみじくも大統領が語ったとおり、原油価格は天井知らずだった。業者が嬉々《きき》としてその波に乗る一方、一般市民はハリケーンが来るまえのような騒ぎで、翌週のガソリンの心配をしてとにかく片っ端から満タンにするといった具合なのだ。

ガソリンスタンドの閉鎖や石油会社が配送制限をするとの噂も、事態を悪化させていた。

国民が冷静さを失わないようにとテレビ出演した大統領は、石油は戦略的備蓄が充分にあり、影響を受けない供給源も確保しているので、国の活動が停滞することはないと訴えた。その演説の結果のパニックだった。

残念ながら、大統領が問題の存在を否定することと自体、その問題が実在することを多くの人々に確信させるのだ。一九七〇年代のガソリン配給制のなかで起きたように、アメリカが走行距離税、相乗りの強制、ナンバープレートの末尾が偶数か奇数かで給油を制限するなどの措置を取るのは、そう遠いことではないのだろうかと、ガンは静かに思いめぐらした。

「まもなくキリヤの正面ゲートです」と運転手が言った。

ゲートを通ったガンは足早に中央受付へ行った。NUMAの身分証を見せると、海軍記録局の受付に案内された。

「ナタル提督にお会いしたいのだが」ガンはいま一度証明書を掲げてみせた。

制服姿の補佐官がコンピュータ画面を確認した。「提督の予定にNUMAからの来客はありません」

「私は古い友人だ」とガンは言った。「提督に、私の名前を伝えてもらうだけでいい」

「提督は多忙です」

「それはそうだろう。しかし、待つと伝えてくれ。なんなら丸一日でも」

忍耐を試されることはなかった。補佐官は五分と経たずにもどってきて、ナタル提督の事務所までガンに付き添った。数年ぶりに対面したふたりは興奮気味に握手を交わし、たがいの様子を探りあった。

「丸一日待つって？」と提督は言った。「まえにもその手を使ったな」

ナタル提督は三十歳も年長で、背丈はガンとほぼ同じ、髪が真っ白だった。ガンが海軍士官学校の学生であったころ、ナタルは二年間、アナポリスで客員教授を務めた。以来、折にふれて顔を合わせるようになり、数年まえにはとあるプロジェクトで協力したこともあった。

「あなたは私の試験の採点を間違えた」とガンは話を振った。

「全員の採点を間違えたんだ」と提督は言った。「その得点に抗議しにくるかどうかが本当の試験だった。私の戻りを待っていたのはきみだけだったな。それも、きみのAプラスの評価には影響しない、無意味な数点のためにだ」

「間違いを正すのが好きなんですよ」とガンは言った。「ここにこうしているのもそのせいで。じつはあることを正すのに、あなたにいくつかお訊ねしたいことがあります」

「個人的な訪問でないことは、なんとなく察しがついた。悩みとは何だね？」

「NUMAが〈ダカール〉にダイバーを潜らせています」とガンは言った。

提督は表情を硬くした。「あの船は墓場だよ、ルディ。よりによって、きみにそんな説明をすることになろうとはな。いったい、墓荒らしにどんな理由があるんだね？」

ガンはこの時点で理由を明かさなかった。「〈ダカール〉で個人の遺品を回収して、それをご遺族の手にお返ししたいと思っています。こちらに、あなた宛《あ》てで届けさせてもかまいませんか？」

「もちろん」ナタルは椅子に身を預けると、瀬踏みするようにガンを見つめた。「だが、それを依頼するためだけに、きみはわざわざここまで来ない」

「そのとおりです」とガンは言った。「ここに足を運んだのは、〈ダカール〉の積荷についてお訊ねするためです。沈んだときに、あの船が何を運んでいたかを知りたいのです」

「運んでいた？」

「こちらには、艦内に生物兵器を積んでいたと信じるに足る理由があります。炭化水素を好物とし、油田の生産能力を破壊し、安全に扱うことのできない有毒ガスを生成する細菌株です」

提督は動揺を見せなかった。「ルディ、なんだか夢物語に聞こえるぞ」

ガンもそれなりの抵抗は想定していた。「いま世界で起きていることはご存じのはずです。それがはじまったのは、〈ダカール〉に潜った何者かがあの船を切断した直後のことでした」

そこで初めて提督は不安をにじませた。「切断したって?」

「三分割されて海底に横たわっています。内部は略奪されて空っぽでした。海底には装置や個人の所持品が散乱しています。こんなものも見つかりました」

ガンはポケットに手を入れ、オースチンが見つけたフランス海軍のピンバッジを取り出した。それを提督のデスクに置き、やおら相手のほうへ滑らせた。

提督はバッジを手に、その表裏をあらためた。

ガンは提督に、それを吟味する時間をあたえた。「またイスラエル海軍のではなく、ラ・ロワイアルの水兵の制服三着の一部が見つかりました」

ラ・ロワイアルとはフランス海軍のニックネームである。提督はまたピンを見て静かに頭を振り、溜息をついた。

「あそこに兵器があったことはわかっています」とガンは言った。「それがフランスと共同開発されていたことも。このピンはその兵器が盗まれる以前に、貴国の人々と協力していた水兵のものだというのがわれわれの推測です」

「あれは盗まれた」とナタルは断じた。「が、盗んだのはフランス人で、われわれではない」

「では、〈ダカール〉の艦内で何があったのでしょうか?」とガンは訊ねた。「また、フランス空軍が自国兵士が乗り組んだ艦艇を撃沈したのはなぜです?」

提督は手のなかでピンバッジをもてあそんだ。「いつか誰かがそのことを訊きにくるという気がしていたんだ。それがきみであることに感謝すべきかもしれないな」そしてバッジをガンのほうに押しやった。「これはわが国にとって認めがたいことでね。われわれにはこの世界に、すでに充分すぎるほどの敵がいる。それに正直、われわれはその兵器が経年によって力を失ったものと考えていた」

「世界におけるイスラエルの立場は、私も理解しています」とガンは言った。「だからこそ個人として伺ったのです。何ひとつ公けにする必要はありません、われわれは解毒剤、反作用剤を求めているだけです。少なくとも、その製法が示された科学的デ

か?」

「もしそれをわれわれが持っていたなら、すでにきみらに渡しているとは思わない
ータを」

「そう願ってはいますが」

「もちろんそうしていただろう」と提督は言った。「同盟国と自国の経済が苦しむ一方で、敵が一バレル三〇〇ドルの原油で大儲《もう》けする事態を、わが国が望んでいると思うかね?」

「では、協力いただけるのですか?」

提督は遠くを見つめて熟慮したすえ、椅子から立ちあがった。「ついてきたまえ。その理由をお教えしよう」

55

長い廊下の先に、内部にパネルのないエレベーターがあった。ふたりで乗りこむと、ナタル提督が音声認証で操作をおこなった。エレベーターは地上から数階降りて停止した。

扉が開き、ふたりは照明が薄暗いステンレス壁の廊下に出た。ホール正面の検問所に詰めていた下士官二名と中尉一名が、提督に気づいて姿勢を正した。

提督は将校の目を見た。「休憩を取ってこい、中尉。そのふたりも連れていけ」

あまりに意外なその命令に、呆気《あっけ》にとられた中尉はようやく応えた。「承知しました」

男たちが持ち場を離れてエレベーターに乗った。その扉が閉まると、提督は検問所のデスクの裏へまわり、一連のスイッチを切っていった。「カメラを止めておくのさ。

われわれが去ったあと、この記録が残っては困る」

監視システムを遮断した提督は、もうひとつのデスクでガンを待たせたまま、番号が振られた鍵付きキャビネットの迷宮に姿を消した。そして縁をゴムで密閉した金属製の容器を手にしてもどってきた。

「この記録にはこの一週間、何度も目を通した。破壊しておくべきだった。だが、いちばんいいのは、きみのような人間に見てもらうことだろう。きみなら理解できる」

ガンはうなずいた。

「これからお見せする資料については、この部屋の外では口外無用だ」と提督は言い添えた。「わが国に取りかえしのつかない痛手をあたえることになる。そこは承知してもらいたい」

ガンはうなずいた。「ここで得た情報は私の胸に留めておき、われわれの行動があなたやイスラエルに累をおよぼすことはないと約束します」

提督は容器をあけ、不燃素材が使われた封筒数通を取り出した。「その計画はこちらで〝ジェリコ〟と呼ばれていた」提督はひとつの封を開いた。「フランス人がなんと呼んでいたかは知らないが、たぶん〝ジャンヌ・ダルク〟あたりだろう。アイディアが出されたのは一九六五年のことで、翌年初頭にはプロジェクトが動きだしている。

ご推察のとおり、それは石油を栄養源として危険な廃棄物を生み出すように設計された生物兵器だった」

「抑止力として使う計画だったのですか?」

提督はうなずいた。「アラブ諸国はイスラエルを滅ぼすためなら、どれほどの犠牲も厭《いと》わないといった按配《あんばい》だった。一九六八年までに、すでに三度も攻撃を仕掛けてきた。その度に手痛い敗北を喫しながら、オイルマネーで軍を再編して、撤退と再軍備をくりかえしたわけだ。わが国の指導者たちも、このままではいつかやられるという危機感を持っていた。なかに核兵器を望む者がいて――結局は手に入れたわけだが――その一方で、都市を消滅させたり、何百万もの殺戮《さつりく》を犯すことなく脅威を排除できる兵器を求める者がいた。そこに科学者のチームから、敵の富を地上に出てくるまえに喰《く》いつくしてしまうという細菌を、遺伝子工学的に造り出すという提案がおこなわれた」

「それに成功したのですね」

「最初はうまくいかなかった」と提督は認めた。「当時の遺伝子工学はまだ黎明期《れいめいき》でね。できること、できないことがまるでわかっていなかった。一年が過ぎても進歩がなく、われわれは行き詰まった。問題は専門知識と設備面にあったんだ。フランスはその両方を持っていたし、すでに原子炉開発では協力を受けていた。実のところ、フランスは当初、われわれと最も力強い同盟関係にあった」

「それで取引きをした」

提督はうなずいた。「合同作戦がはじまった。イスラエル、フランスのふたつのチームが一個のプロジェクトに取り組むことになった。彼らはエーゲ海のヤロス島に送りこまれた」

「なぜまたヤロスに？　イスラエルでもフランスでもないのに」

「きみは自らの疑問に自ら答えてる。どちらの国の領土でもなく、不毛で人が住みつかず、訪れる価値もない。それで両国の中間地点ではないが、中立地点とされた」

「すでに信頼関係には問題があったと」

「そんなものだろう？」と提督は言った。

ガンはそれには応えず言った。「どうなりました？」

「最初の年は、緩やかながら有益な一年だった。二年めは、油田の熱や圧力に耐性があるる菌株がいくつか見つかるという、目覚ましい進展があった。そこから最も強靭《きようじん》で食欲旺盛《おうせい》な菌を選んで、炭化水素を消費する菌株と――これは今日、事故で流出した石油の分解に使われる細菌と似たものだが――掛けあわせた。素晴らしい結果が得られた。石油をあたえると驚くべき比率で増殖した。しかも、粘度の高い泥状の物質を産出して、コーキング剤ばりに油井に蓋《ふた》をして石油を封じ込めてしまうこともわかった。最終的な副産物である爆発性のガスは、放出と同時に空気や水と反応する」

「うちの人間が実際に目撃しています」

「それについては謝罪させてもらいたい。いずれにしろ、成功には強欲が伴う。強欲の連れは恐怖だ」

「フランスの側からすると」とガンは水を向けた。

提督はうなずいた。「そのころには、フランスはアラブの石油に依存するようになっていた。その結果、イスラエルとの友好関係は一気に冷えこんでいった。当初の成功のあと、彼らは細菌を死滅させる方法の開発を強く求めるようになった。まさにきみがお訊ねの解毒剤のことだ」

「それで?」

「解毒剤は開発された」と提督は言い切った。「それが完成して試験が成功すると、ヤロスでの研究はすぐに終わりを迎えた。反作用剤の効果が実証されたとたん、島を覆う空気が冷えきった。われわれは、フランスが反作用剤を持つ以上は兵器の意味がないことに気づき、フランスは、われわれが反作用剤の破棄もしくは独占を望んでいることに気づいた。結局、先に動いたのはフランスで、運べるものはすべて奪い、残りを破棄した」

「現実はそれを裏づけてはいません」とガンは言った。「もしフランスがすべて奪ったのなら、石油破壊菌とフランス人水兵が、どうして地中海の底に沈んだ〈ダカール〉で見つかったのでしょうか？」

「私は彼らが奪ったと言ったが、持ち帰ったとは言ってない。フランスはヤロスに、重装備した特殊部隊を乗せた潜水艦を派遣した。彼らはわが国の科学スタッフの大半を虐殺し、運べるものは奪っていった。残りは爆薬と灯油で破壊した。設備も記録も何もかも」

提督はそこで息をつくと先をつづけた。「われわれがその裏切りに気づいたとき、まだ一二時間は経っていなかったが、それでも追跡するには遅すぎた。フランス艦は島を離れた時点ですでに射程外だった。至近にいたわが軍の戦艦とは数百マイル離れて、制止も威嚇《いかく》もできなかった。してやったり……と連中は思ったことだろう」

ガンにも全体像が見えはじめていた。「ところが、別の方角から〈ダカール〉が接近していた。英国からジブラルタル経由で。敵の行く手をさえぎる位置に」

「そうだ」と提督は認めた。「われわれは〈ダカール〉にフランス艦の阻止を命じた。

数日にわたって偽の位置情報を流しながら、フランス艦とその母港の間に移動するようにと」

「待ち伏せの場所を決めた根拠は？」

「フランス艦はツーロンの潜水艦基地へ向かうと踏んだ。リスクはあるが、推測としては最も合理的だ。あとは待つだけだった。その後二日間、政府の最高レベルでは仏潜水艦を沈めるか否かで議論が紛糾《ふんきゅう》した。それは戦争行為であって、フランスとの対立は避けるべきという意見が出た。イスラエル人の科学者を殺し、われわれの労作を盗むことがすでにして戦争行為だという主張もあった。

最後は、ある見解に全員がまとまった。すなわち、フランスは他国にたいして説明しがたい理由でわれわれと戦う可能性は低く、アラブ諸国がいずれまた攻めこんでくることは歴史が示している。そうなった場合、イスラエルにとって重要なのは、潜水艦でもなければ科学者の命でもない、ましてフランスとの関係でもなく、研究材料そのものなのだ。大事なのは培養された細菌と遺伝情報。フランス艦の撃沈など時間の無駄だが、母港への帰還を許せば、臆病者の烙印《らくいん》を押される。研究材料を取りもどすのに方法はひとつしかなかった。〈ダカール〉の乗組員はフランス艦を撃沈せずに停止させ、浮上した相手艦に乗りこみ、力ずくで奪還する」

ガンはわが耳を疑った。「それが真相なんですか？」

「それがきっかけだ」提督はそう言って第二の封書をガンに差し出した。「読みたまえ、結末がわかる」

ガンが封を開くと、その中身はＩＮＳ〈ダカール〉の通信記録だった。

一九六八年一月二七日　〇六四〇時　標的発見。追跡開始。入港まえに標的が浮上するのを期待。

一九六八年一月二七日　〇七五五分時　暗号文を傍受。解読の結果、標的は海峡にはいるまで浮上しないことが判明。その時点では、フランス軍のレーダーおよび敵艦に姿をさらすことになる。作戦続行が不能となるおそれ。標的艦のシュノーケルに体当たりして、強制的に浮上させる試み。

一九六八年一月二七日　〇八一九時　フランス艦に乗りこみ制圧。死傷者三名。フランス空軍に探知される危険と、密輸品という貨物の性質を考えあわせ、目標アルファのみを回収し、目標ブラヴォーはフランス艦内に残すものとする。上層部の決定により乗組員を二班に分け、拿捕《だほ》したフランス艦もハイファへ向かわせる。フランス側に沈没したと思わせるため、破片を撒《ま》き散らす。運が良ければ、むこうはわれわれが連行したことも知らず、捜索および救援活動に数日を費やすだろう。

「フランスの潜水艦を戦利品として持ち帰ったわけだ」とガンは確かめた。「読み方はこれで合っていますか？」

「浮かんだままにして助けを呼ばせるわけにはいかんだろう」と提督は言った。「それに、天候や時間の制約もあって、乗組員全員と研究材料すべてを〈ダカール〉に移すことはできなかった。ほかに方法があるとすれば海底に沈めることだが、それでは殺人になってしまう」

そこは理解できた。戦闘行為と捕虜の殺害は別物である。職業軍人がその一線を越えることはない。

ガンは当時の状況を頭に思い描いた。「潜水艦二隻はハイファをめざした。乗組員は分乗して、細菌の培地は双方の艦上にあった。片方もしくは両方の艦で、反乱が起きる可能性は考えなかったのですか？」

「衝突はあった」と提督は認めた。「〈ダカール〉から発見された艦長の日誌によれば、短時間浮上したおり、フランス兵が二度脱走を試みているし、潜行中に力ずくで艦を乗っ取ろうとする動きも一度あった。それでイスラエルの水兵一名が死亡、フランスの水兵三名が負傷した。が、それでも航海はつづいた」

「あまり長くはつづかなかったようですが」

「ああ。それに、誰にとっても満足な結果にはならなかった」

提督はガンに最後の封書を渡した。はいっていたのは手書きのメモで、ほとんど判読できなかった。

「暗闇で書かれたものだ」と提督は説明した。「電源を喪失した後に。言語はフランス語。つぎのページにタイプされた英語訳がある」

ガンは走り書きの文字から整然とした翻訳の文章に目を転じ、ゆっくり音読していった。

機関室はなかほどまで浸水している。われわれは水死する、艦首は海面をめざしているが、そこまでたどり着けはしない。イスラエルの艦長は家族への別れの手紙を書くことを許してくれたが、私はそんな彼を讃《たた》えるだけでいい。彼はわれわれを公平に扱ってくれた。世界の政府は戦争をしているが、われわれ海の男は兄弟、ともに死を迎える兄弟だ。

ガンはナタルを見あげ、そしてページを繰った。「これはフランスの水兵のものですね」

提督はうなずいた。

船はゆっくりと沈んでいる。中立浮力としか思えないほどゆっくりと。それが何時間もつづいている。われわれがつぶされるまで、まだ何時間もある。にもかかわらず、頭上では、怒ったスズメバチがもうひと刺ししようと旋回している。

ときおり、水中爆雷が水を叩く音が聞こえてくるが、こちらは待つことしかできない。われわれの大半は直接命中して早く終わりにしてくれと願っているのに、むこうはこちらの深さがわかっていないとみえ、爆発ははるか上方で起きている。

はたして、彼らは己れの味方を殺そうとしていることに気づいているのか。

手紙はもう一ページあって、ガンはすばやくそれをめくった。

一一時間経過。すでに試験深度を超え、船体が軋《きし》んで音をたてている。その呻き声が、この船をつぶそうと弱点を探りまわす死神の手を思わせる。

光はなく、吸おうにも汚れた空気しかない。油と汗と汚物の臭いがする。二酸化炭素の濃度が上がり、乗組員の多くはすでに眠りに落ちている。ある意味、彼らが羨《うらや》ましい。魚雷発射管から脱出しようという希望を胸に艦首へ向かった者がいる。が、それは無駄な試みだ。ここは深すぎる。脱出がかなっても水圧でつぶされる。

少なくとも、彼らには儚《はかな》い希望がある。私にはなにもない。ただ、もう一隻が無事港にたどり着くのを願うばかりだ。私の乗組員と行動をともにしたイスラエル水兵が、生きて家族と再会せんことを。

語りはそこで終わり、添えられた士官の名は黒く塗りつぶされていた。が、文章のつぎの数行はこの著者について、ガンの背筋に悪寒が走るほどの情報を伝えてきた。

名誉、祖国、勇気、規律。

フランス万歳。

〈ミネルヴ〉万歳。

ガンは提督を見た。「拿捕されたフランスの潜水艦は〈ミネルヴ〉なのですか？」

「私が協力できない理由がわかったかね？」と提督は言った。「フランス人は研究データ、遺伝物質、細菌を島から持ち出した。われわれはその半分を奪還し、半分を〈ミネルヴ〉に残した。ともにイスラエルをめざした二隻だが、いずれも港にたどり着くことはなかった」

ガンはこの先に待つ任務を瞬時に察した。「われわれが探す物質が〈ダカール〉にないとすれば、それは〈ミネルヴ〉にあるからだ」

「そういうことになるな」と提督は言った。「しかし、フランスは消息を絶った日からずっとあの船を捜している。その捜索はわれわれの〈ダカール〉より二〇年も長くつづいているが、その間、連中は手がかりの一個も発見できずにいる。われわれも同様だ」

「私たちにとって、それは有利な状況かもしれません。フランスが見つけられないということは、フランスは撃沈していないということになる。つまり、艦内の物質が無傷で残っている可能性は充分にある」

「たしかに、きみの言うとおりだ。しかし地中海は広いぞ。われわれとフランスが見つけられずにきたものを、きみたちが見つけられると考える根拠は何だね？」

「それは見つけなければならないからです」

56

NUMA船〈グリフォン〉

「もっけの幸いってやつだ」その報《し》らせを聞いて、オースチンは言った。

ガメーはちがう反応を示した。「そう？　ツキはあるけど」

「運がめぐってきたな」

ガメーは腕組みをして、オースチンを見据える目を細めた。もしガメーが母親なら、この目つきにはわが子に道を踏みはずさせないだけの力がある。「見込みはほぼゼロってわかってるくせに」

「まったくないよりましだ。とにかく、いまはあるにはあるんだから」

〈カートの言うとおりだ〉とルディ・ガンが画面のむこうから加勢した。

一同は画面に視線をもどした。左側にガンの姿があり、右側にはハイアラム・イェーガーが映っている。

〈しかも急がないと〉とガンはつづけた。〈この危機は悪化する一方だ。けさ、ロシアは原油とガスの現行契約は今後尊重しないと声明を出した。数カ月まえ、数年まえに合意した値段とは対照的なスポット価格を反映して、すべてのレートが再交渉される。石油輸出国機構《OPEC》も同様の措置を検討中だ〉

「緊急性はみんな感じてるけど」とポールが言った。「フランスとイスラエルが五〇年かけて捜索して発見できない潜水艦が、そんな一瞬で見つかるものかな？」

「両国の捜索範囲外を捜すのさ」とオースチンは言った。「ツーロンから西は全域除外できる。イスラエルがあるのは反対側だから。過去五〇年で、フランスとイスラエルがソナーを打った水域も除外していい」そして画面上のガンに視線を向けた。「その情報は入手できるかな？」

〈イスラエルの海図はすでに入手した〉とガンは言った。〈連中は《ダカール》の捜索に、陰に陽に厖大な時間を費やした。航海日誌の回収後、彼らは二年をかけて密《ひそ》かに《ミネルヴ》を捜索した。地中海の捜索は広範囲におよんでいる〉

「フランスのデータを手に入れるのはさすがに難しいかな」とポールが言った。「この件に関与してるとは認めたくないだろうし」

〈たしかに〉とガンが言った。〈だが、きみらに連絡するまえに、大統領にブリーフィングをした。すると大統領は、ご自身の言葉で〝耐え難いレベル〟まで圧力を掛けてくださるそうだ。こちらでは、フランスの記録は日没までに手にはいると見ている〉

画面上の隣りでイェーガーが口を開いた。〈それがだめなら、マックスを解き放ってむこうの記録を当たらせるよ〉

オースチンは地中海の海図をテーブルに広げると、現在地からツーロンまでたどった。「迎撃地点からフランス軍に発見され撃沈された地点まで、〈ダカール〉の全航路はわかるか？」

〈わかるが〉とガンは言った。〈なぜ？〉

「二手に分かれて生き残るチャンスを倍にしようという計画だったら、〈ミネルヴ〉が同じ針路を取った可能性は除外できる」

〈《ダカール》はほぼ一直線に走った〉とガンは言った。〈スピードを味方にするつもりで〉

ポールはオースチンの肩越しに視線を向けた。「〈ダカール〉がひたすら地中海北部を進んだんなら、〈ミネルヴ〉は南を向いてリビアやエジプトの沿岸をたどったのかもしれない」

〈エジプトは省ける〉とガンが言った。〈イスラエルが沿岸海域を捜索済みだ。八〇年代には隠密裡《り》にも、また珍しくエジプト政府と共同でも捜索している〉

「それでも範囲は一〇万平方マイルにのぼる」とガメーが言った。「悲観的なことは言いたくないけど、船団を派遣して何年かけても、なにも見つからないってことになりかねないわ」

「船団なら派遣してるさ」とオースチンは言った。「もう何年も」

ガメーが目を剝《む》いた。「何の話?」

「ぼく自身、地中海のいろいろな水域を最低二〇回は捜索してる。きみとポールも去年、イタリア沿岸で三カ月、同じようなことをした。一昨年はエルバ島周辺を二カ月。NUMAの別チームも数十年にわたって同様の作業をしているし、それはNUMAに限ったことじゃない」

ガメーは顔を輝かせた。「沈没した潜水艦らしきものを見かけた憶えはないけど、ソナーの反応なら一覧表にしたわ、一〇種類の航空機、第二次世界大戦中にイギリス軍に沈められたイタリアの駆逐艦、トリポリ沖で嵐に遭って難破したコンテナ船とか」

「たとえ探し物ではなくても、データは記録されている」オースチンは画面に向きなおった。「ハイアラム、一九六八年以降、NUMAが地中海でおこなった調査が何回あるか、マックスに訊いてくれ。沈没した潜水艦を検知できる装置を使ったものにしぼって」

マックスがすぐに答えた。〈NUMAは当該水域で三七一回の有人調査をおこないました。さらに、自律型水中ドローンを用いた調査を一五八回おこないました。現在、三つの調査が実行中です〉

「となると、海底のかなりの範囲をカバーしているはずだ」

〈ツーロン以東の海底の二九パーセントです〉とマックスが答えた。

「かなりの範囲でもないか」

ルディ・ガンが口をはさんだ。〈きみも言ってたが、地中海周辺でソナーアレイを曳いてるのはわれわれだけじゃない。ハイアラム、海底に潜水艦が沈んでいそうな場所はないか、マックスに古いデータを調べさせてくれ。こちらは各国に働きかけ、海洋団体からアマチュアの沈没船ハンターから、片っ端から接触してみる。拝み倒すなり、借りるなり盗むなりして。どんな情報が手にはいるかわからないが〉

オースチンは地図に目をやった。可能性は増してきている。「その間に、ぼくらは西へ向かう」

「なぜ西なんだ?」とポールが訊いた。

「〈ミネルヴ〉は、ここといイスラエルの間では見つかりそうにないからさ。というか、現在地よりかなり西寄りじゃないかとにらんでる」

「それはどうして?」とガメーが訊いた。

「もし〈ミネルヴ〉がこのあたりに到達していたら、フランス軍に発見され、〈ダカール〉と同じように撃沈されていただろう。この海域を無傷で通過してイスラエルに近づいたら、潜水艦の艦長は浮上を命じ、ハイファに無線連絡する。そうなったら上空からの援護と、フランスの対潜哨戒機《しょうかい》の駆逐にイスラエル国防軍の戦闘機が続々飛んでくるはずだ。結局、そのどちらの事態にもならなかったわけだから、〈ミネルヴ〉はここまで来なかったと結論せざるを得ない」

「それでぼくらの東側の水域は片づくとして」とポールが言った。「きみがかなり西寄りで見つかると考える理由は? 二隻の潜水艦は性能も速度もほぼ同じだ。そして同時にフランス沿岸から出発した」

「だが、〈ミネルヴ〉は吸気管《シュノーケル》が故障していた」とオースチンは言った。「つまり、長時間の潜航も高速走行も不可能だった。そんな状態で逃げる場合、きみならどうする?」

長く海軍に奉じたルディ・ガンがその問いに答えた。〈昼間は水中に身を潜めて電源を温存し、夜間に浮上して航行する〉

「となると速度は半減し、航行範囲も限定される」

〈よくわかった〉とガンは言った。〈西へ向かえ。続報がはいりしだい連絡する〉

オースチンは海図を見なおし、クレタ島の南からマルタ島へ向かう航路を選んだ。操舵席でエンジンを始動させ、〈グリフォン〉を前進させた。一〇マイルほど進むと、レーダーが後方に何かを捉えた。〈グリフォン〉が三〇ノットを出しているにもかかわらず、相手は迎撃針路を取って距離を縮めてきた。

「何のつもりかな?」とポールが訊ねた。

オースチンが南へ針路を修正すると、むこうもそれに倣《なら》った。「こっちに話でもあるんじゃないか」

57

オースチンは〈グリフォン〉の速度を上げ、北寄りに針路を修正した。レーダーが探知した不審船は予想どおり針路の変更を模倣し、引きつづき距離を詰めてきた。オースチンが上体を起こしたところにガメーが操舵室にはいってきた。「どうして蛇行してるの?」

「尾行されてる」とオースチンは言った。

「こっちより速い?」

「そうらしい」とポールが言った。

オースチンはポールの左側のパネルを指さした。「カメラをチェックしてくれ」ポールはカメラシステムのスイッチを入れ、レーダーが捉えた物体に焦点を合わせた。夜になっていたので自然光のスペクトルは役に立たないが、暗視レンズのおかげで物体の形状ははっきりした。

「ヘリコプターだ」とポールが言った。「甲板に二機。軍用に見える」

オースチンも見た。機首の下側にブリスターが設けられ、短い両翼には破壊力のありそうなミサイルポッドがある。

「前途多難だな」とオースチンが言った。「そろそろプレゼントをあけようか。ポール、きみには地対空発射パネルを担当してもらう。ガメー、きみは射撃の名手だから、CQWの準備を」

ふたりはうなずいた。ポールはミサイルパネルを前にした左後方の席に着き、ガメーはそのすぐ後ろの席で別画面を見ながらセッティングをおこなった。ジョイスティックを両手でもって操作する速射用ミニガンは、NUMAでは近接戦闘兵器《CQW》に分類されている。

「距離四マイルで接近中」とポールは言った。「三〇秒で命中可能」

「味方じゃないと確信できるまでは攻撃できないぞ」とオースチンは言った。「民間船相手に模擬攻撃を仕掛けるパイロットっていうのは、どこの軍にもいたりする。彼らを撃墜したり、心の準備もないところに回避行動を取らせたりはしたくない」

「つまり、攻撃されるまで攻撃はできないわけね」とガメーは言った。「このゲームのルールは好きになれないかも」

白になった。

「三マイル」とポールが言った。

突然レーダースコープが、まるで一万機のヘリコプターを探知したかのように真っ白になった。

「レーダーがジャミングされた」とポールが言った。

「ビデオ画面を見ていてくれ」とオースチンが言った。「そっちは妨害できないから」

ポールはモニターに目をやった。カメラシステムには射程を計測する機能がついている。「カメラによると、二マイル。速度一四〇ノットでこっちに向かってくる」

オースチンはスロットルから一瞬手を放し、盤上のボタンを二個押した。最初のボタンには〈翼〉、二個めには〈装甲〉と表示されていた。

〈グリフォン〉の広い船尾から重厚な金属板が前方に動いていき、燃料タンクまわりの攻撃されやすい場所と窓を覆い隠した。同時に船の下で、油圧式の太い支柱に一対の翼が展開された。

「一マイル」とポールは言った。

装甲板が所定の位置におさまると同時に画面上でランプが点滅し、攻撃を受けていることを告げた。

「ロケットだ」とポールが言った。「無誘導式の」

オースチンは舵輪を切り、スロットルを前に倒した。〈グリフォン〉は右舷へ針路を変えながら速度を上げた。

最初のロケット弾は左舷後方に着水した。二弾めはかなり離れた地点に落ち、爆発音も遠い雷鳴といった程度だった。

水中翼が最大限に広がり、タービンエンジンが咆哮《ほうこう》をあげた。〈グリフォン〉は七〇ノットを超え、ヘリコプターが反応するより早く八〇ノットに達した。

「むこうも向きを変えて追ってくる」とポールが言った。「またロケットが来るぞ」

飛んでくるロケットの落下地点がかなり近づいていた。最初の四本は前方に飛び、第二弾は〈グリフォン〉を夾叉《きょうさ》した。一本めは左側、二本めは右側の海上に落ち、四本めが後甲板の装甲板に当たった。

その衝撃で〈グリフォン〉は大きく揺れはしたが、攻撃を無傷で乗り切った。

先頭を行くヘリコプターに乗っていたアレクサンドル・ワストーガはわが目を疑った。

「直撃した」と射手が言った。

「効果なし」とワストーガは応じた。

すでにヘリコプターは高速で走行するボートを追い越していた。ワストーガが窓外を見ると、船は後方に消えていた。「引きかえして、もう一度上空を通過しろ。あの船が沈まないことには話にならない」

〈北上しています〉二機めのヘリコプターのパイロットが無線で伝えてきた。〈速度九〇ノット〉

ワストーガは頭を振った。ボートはヘリコプターと変わらない速度を出している。

「五〇〇ヤード以内に近づいたら撃て」と命じた。

「ロケットですか、機銃ですか？」

「どっちもだ！」

〈グリフォン〉は飛ぶように海上を疾走しているが、さすがにヘリコプターを振り切るのは困難だった。

「また来たぞ」とポールが言った。「千鳥配列だ。一機は六時方向、もう一機は左舷正横」

「発砲を許可する」とオースチンは言った。

「やっとね」

すでにスコープを赤外線に切り換えていたガメーは、レーザー照準システムを作動させた。左舷方向から接近してくるヘリコプターの射程、速度、距離が即座に解析された。

「わずかに射程外」とガメーが言った。

「ポール？」

「レーダーは依然妨害されてる。ロックオンする手がない」

追尾してきたヘリコプターがまたも無誘導ロケットを複数発射した。オースチンは大きく面舵《おもかじ》を切ったが、二機めのヘリコプターと一直線上の位置となり、残る八本のロケットがすべて発射された。

一発が前甲板に命中し、〈グリフォン〉全体に衝撃波が走った。二発めが舷側低部に当たったが、かすった程度で船体は損なわれなかった。後甲板に置かれたゾディアックボートはそうもいかなかった。三発めが命中して木っ端みじんに砕け散った。

「もう充分だ」

オースチンは再度舵を切った。今度は急旋回した船が手前のヘリコプターと相対した。

距離を詰め、画面上に緑のライトが点灯すると、ガメーは銃撃を開始した。

船首の一見無害なドームから、殺傷力を有する銃弾が吐き出された。六銃身のガトリング砲から三秒で一五〇発。その半数が標的を捉え、前方から後方まで機体を穿った。パイロットも射手も即死して、直後に起きた爆発で苦しむこともなかった。

「一機撃墜」とオースチンは言った。「もう一機だ」

残るヘリコプターが上空を横切りながら、機首から機銃を掃射してきた。

その数発を受けて、〈グリフォン〉の装甲した屋根と壁にボウル形のへこみが生じ、そこから細かい亀裂が走った。それを見てオースチンは装甲の状態を把握した。

「これ以上やられるわけにはいかない。ポール？」

「レーダーは変わらず妨害されてる。ロックオンできない」

「とにかく狙って撃て」とオースチンは言った。「それで追い払えるかもしれない」

ポールはカメラシステムでヘリコプターの位置を確認した。「標的は南方向。駄目でもともとだ」

そして空域を選択し、できるだけヘリコプターに近い任意の標的地点を設定するとミサイルを発射した。ミサイルは上甲板側面の補給倉に見える場所から射出された。

ミサイルの発射と同時に、オースチンは即座に舵を切った。相手パイロットが回避行動を取れば、ガメーの射程内にはいる可能性がある。

ビデオ画面に、ミサイルが暗闇に飛翔《ひしょう》していく様子が映し出された。敵機から大きくはずれていたものの、オースチンの予測したとおり、ヘリコプターは回避針路を取った。右に旋回して〈グリフォン〉の舷側方向に出た。そこでガメーが銃火を開いた。トリガーボタンを押さえ、銃弾で空を埋め尽くした。〈グリフォン〉が相手の下を突っ切ると、離れたヘリコプターは旋回してもどってきた。

「こいつを追い払うにはどうしたらいい？」とオースチンは言った。

「レーダーが生き返った」とポールが言った。「どこかに命中させたんだな」

画面上で、ヘリコプターの機首の機銃座《タレット》が点滅しはじめた。船体のへこみが増し、左舷の窓を保護するパネルがちぎれた。割れたガラスが操舵室に吹きこんだ。オースチンとガメーは頭を引っこめたが、ポールはその場を動かず、レーダーもまた標的を捉えていた。

ヘリコプターが上空を通過するのを狙って、ポールは二発めのミサイルを発射した。今度は相手を追尾し、旋回しながらエンジン室に命中した。炎に包まれたヘリコプターは螺旋《らせん》を描いて海中に没した。

「お見事！」とオースチンは言った。

「片づいた?」とガメーが訊いた。

ポールはレーダースコープを見つめ、「片づいた」と応えてふたりを振りかえった。ガラス片が当たった顔の脇から血を流し、髪は風に煽られていた。

オースチンはスロットルをもどし、〈グリフォン〉の船首を落とした。生存者の捜索は無駄だとわかっていたし、再度攻撃にさらされる可能性が高いことは全員の意識にあった。オースチンは〈グリフォン〉の出力を上げ、夜の海を西へと走らせていった。

58

カザフスタン中部

テッサは汚れてあばた状になった窓から外を見た。旧航空交通管制塔の九階からの眺めである。暴風は去って空気が澄み渡り、眼前に基地全体が広がっていた。放置された飛行機や投棄された機械、屑と化した車輛の海だった。なかには戦車、トラック、装甲兵員輸送車もあったが、どれも銃砲や無限軌道や車輪が剝ぎ取られている。遠い隅では二四時間体制で巨大溶鉱炉がスクラップを溶かし、これが再生鉄鋼材として出荷され、売却される。

テッサは部屋の片側に離れて立つフォルケに向きなおった。「冷戦時代、ここは数百のロシア機と二個特殊旅団の前線基地だった。いまは墓場だけど」

フォルケはかすかにうなずいた。「つまり？」

「不要になったら棄てられる。わたしたちの行く末を見るようね」

「勝利の瞬間が訪れると思ってたが」とフォルケは言った。「原油価格は高騰中で、メディアはぶっ通しで危機を報じてる。ブーランもようやく金を払う気になった。新規株式公開《IPO》の件は言うまでもなく」

たしかにそのとおりだった。端から見れば、テッサが約束したことはどれも華々しく実現に向かっているかに思える。だが近づいていくと、輝かしい現実は蜃気楼《しんきろう》のように消えてしまうのだ。

「アメリカ政府はＩＰＯを延期してる」とテッサは言った。「あからさまな妨害はしてないけど、承認されるまで個人投資家は食いついてこない。アメリカのＳＥＣが折れるにしても、これが長引けば長引くほど、望みどおりにお金を手に入れるのが難しくなるわ」

フォルケは苛々を募らせた。「どうしてなんだ？」

「燃料電池が使い物にならないから。正確に言うと、長時間もたないから。壊れやすいし負荷が掛かるし、製造費用はこちらの最悪を想定した見積もりの倍になる」

「そこはイェーツと設計チームがなんとかするんじゃなかったのか？」

「イェーツは死んだわ」

「彼は手を引こうとして、いまわたしが話したことを世間に言いふらそうとした」テッサは説明した。「だから仕方なかった」

「なんだって?」

フォルケはドミノを順番に並べていった。「燃料電池がなければ誰も投資しない。イエーツがいなければ電池は改良されない。ほかにいい報らせは?」

「それだけ」

「やれやれ。身動きがとれないのか」

テッサはうなずいた。フォルケは目を見開いた。沈黙がのしかかった。

「あんたにとって、このミーティングがいかに大事かよくわかったよ」フォルケの言葉にとげとげしさが増していた。「ただブーランは、おれたちの手に負えないこの難問のなかの一要素だ。あんたはその彼が、とにかく頼みの綱だと言うわけか」

「そのようね」

フォルケはうんざりしたように頭を振った。「もう欲しいものを手にしちまった相手から、あんたはどうやって何かを引き出すつもりだ?」

「わからない。まだ」とテッサは言った。「でもやってみる。あなたの仕事はむこうが抵抗した場合にそなえることよ。たぶんそうなるから」

沈黙がつづいた。テッサはフォルケの心中を見抜いていた。その気にさせるのは簡単だった。二年も待っていた報酬を手にするためなら、フォルケはなんでもやる。あとはウッズだ。ウッズのほうもどうにかしなければ。

「準備しておく」とフォルケは答えた。「だけどいいか、問題はブーランだけじゃない。オースチンと仲間は生きてる」

「どうして？」

「さあ。でもNUMAの位置確認システムのアップデートによれば、高速で西へ移動してる」

「死んだって聞きたかったけど、あわてて逃げてるなら、それでもいいじゃない」

「やつらは逃げてるんじゃない。〈ミネルヴ〉を探してる」

テッサは聞き違えたのかとでもいうふうに小首をかしげた。「〈ミネルヴ〉？　こっちが三年もかけたことを三日で突きとめたわけ？」

「噂にたがわぬ連中だ。あいにく」

「あの潜水艦を発見させるわけにはいかない。解毒剤を回収されでもしたら、わたしたちがやってきたことは台無しよ」

「やつらを止める自信はないいな。だからこそ、取引きをまとめてここを離れたほうがいい」

「はした金で手は打てない」

「ないよりましさ」

そう簡単にはいかないという予感があった。

ヘリコプターの音を耳にして、テッサは窓外に目をやった。手びさしをつくって基地を見渡した。北西のほうからヘリコプター二機が低高度で、錆《さ》びた金属の骨となりはてた祖先たちの上空をゆっくり接近してくる。

「オースチンのことは後回しよ。ブーランたちが来たわ」

テッサとフォルケは見晴らしの利く塔を降りた。地上まで降りるころには、ヘリコプターは砂を巻きあげて接地していた。砂塵が落ち着くと、アラト・ブーランとその儀仗兵《ぎじょうへい》たちが先頭のヘリコプターから降り立ち、塔に向かって歩いてきた。

テッサは近づいてくるブーランのことを観察した。濃紺のオーバーコートに筋肉質の体軀を包んだブーランは、数年まえに初めて会ったときと同じ印象だった。目尻《めじり》がいくぶん下がった物憂げなまなざしは、むかし惹かれたときのまま変わっていない。黒い濃い口ひげはスターリンを思わせたが、ブーランは共産主義者ではない。カザフスタンの独立後、油井で働く労働者から叩きあげて、中央アジア屈指の富豪にまで伸《の》しあがった。

狡賢《こうかつ》さと暴力、そして軍との関係を使い、カザフスタンの石油市場をじわじわ独占すると他国にも手を広げ、いまや地域で産出される石油の七〇パーセントを手中に収めている。友人たち、すなわち彼が〈コンソーシアム〉と呼ぶ面々が西側を支配していた。

その権力は実業界のみならず、政界にも影響力をおよぼしている。ブーランの働きかけによって西欧との関係は悪化し、他国の外交官や軍関係者は追放された。カザフスタンは内向きになり、ブーランと少数の盟友が陰で政府を動かしているといった具合だった。

いまも利益を上げてはいるが、汚染された油田全域で生産停止となれば、ブーラン一派は全世界でまだ手つかずの原油の半数を傘下《さんか》に収めることになる。

ブーランのように羽振りのいいハンサムな元愛人と再会したら、あれからどうしていたのかと思いを馳せる女もいるかもしれない。が、テッサにそんな感慨はなかった。

ブーランは愉《たの》しい遊び相手であり支援者であって、それ以上のものではなかった。

歩み寄ったブーランはテッサの手にキスをすると、「私のテッサ」と拙《つたな》い英語で言った。「きみは私の期待を超えてみせた」

「みんなの期待を超えてみせたわ」とテッサは返した。「それなのに、約束の資金は支払われないまま」

「相変わらず仕事ひと筋か。人生を謳歌《おうか》していないな」

ブーランはオーバーコートのポケットから小さな箱を取り出し、蓋を開いた。箱のなかにはクルミ大のエメラルド、周囲をサファイアが囲み、繊細な造りの金の鎖があしらわれている。

「二〇カラットだ。一〇〇万ドルの価値がある。きみに劣らず美しいものだよ」

テッサは礼儀正しく微笑すると、箱の蓋を閉じてブーランに突き返した。「ありがとう。気持ちはうれしいけど、このごろは一〇億以下のものには心を動かされないの。いまのわたしはお金が好き。こちらの役目は果たしたわ」

目に憤りの色を浮かべながらも、ブーランは箱をポケットにもどして肩をすくめた。

「なかにはいろうか？」

一同は航空管制塔の一階に足を踏み入れた。テッサの部下数名も合流し、ずらりと並んだコンピュータの横に立った。機器はネットワーク化され、テッサの燃料電池を動力にしてパラボラアンテナに接続されている。

テッサが話の口火を切ろうとした矢先、思いがけなくウッズが部屋にはいってきた。

だが、ウッズが何かを言うまえに、フォルケがすばやく身を寄せて銃を抜き、その銃口をウッズの腰に押しあてた。

「ここにあるコンピュータは、最新テクノロジーで暗号化されてるわ」とテッサは言った。「そして世界中の銀行とつながってる。このシステムを通して、資金移動を迅《じん》速《そく》かつ公正におこなえる。よろしければ、ご自由に調べてもらってけっこうよ」

「手回しがいいな」とブーランは言った。

「いつものようにね。約束のものが欲しいの」

「一〇〇億ドルは大金だ」

「あなたと〈コンソーシアム〉は半年ごとにそれ以上稼ぐわ、わたしのおかげで」

「たしかに。もっとも、経費を考慮に入れなければならないし、再交渉すべき理由もある」

「再交渉ですって？」

「そういうことになる。しかし、そうなることはわかっていたはずだ」

「いいでしょう。二〇〇億。現金と暗号通貨で」

ブーランは、今度は笑った——声高に笑い飛ばすのではなく、幼な子のいたずらを見て、父親があげるような朗々とした笑い声だった。テッサは懸命に怒りを堪《こら》えた。

「ああ、テッサ」とブーランはすました顔で言った。「美しく傲慢《ごうまん》な私のテッサ。きみは〈コンソーシアム〉が不可能と考えることをやってのけた。しかし、一方で重大なあやまちを犯した。小さいながら致命的なあやまちだ。自分を証明したいがあまり、みすみす自分の影響力を失ったんだ。〈コンソーシアム〉はすでに原油価格高騰の恩恵を受けている。それが元にもどることはない――きみのおかげでね。そうであれば、まえに検討していた額を払ういわれはないわけだ。いまさら払う必要がない一〇〇億ドルもの金を強請《ゆす》られることもない」

テッサは冷徹な態度をつらぬいた。多少の裏切りは予想していたが、ここまであからさまに掌《てのひら》を返されるとは。さっき自分で口にした教訓を嚙みしめた。〝不要になったら棄てられる〟

「〈コンソーシアム〉のオファーはゼロってこと？　そういう話？」

「〈コンソーシアム〉もきみの尽力に感謝して、何がしかを支払うことには同意するかもしれない。だが、きみが妥当だと考える額にはおよばないだろう。たぶん五〇〇〇万ドルか。それと引き換えに、連中はすべてを求めている――石油破壊菌の全在庫もふくめて」

「五〇〇〇万ドルでは利息も支払えないわ」

「それはきみの問題で、われわれの問題じゃない」

みごとに嵌《は》められた。いまや運命と敵に包囲されている。状況を打開する方法が必要だった。一気に逆転する方法が。

ふとブーランの油井に破壊菌をまくと脅そうかと考えたが、それも無駄なあがきだった。石油破壊菌の作用について知っているだけに、ブーランの守りは固い。こちらから工作員を送りこんだところで、注入装置には近づくこともできないだろう。しかもブーランの激しい報復は避けられない。

苦い思いに感情がかき乱され、その瞬間、テッサはオースチン以上にブーランのことを憎んだ。オースチンが反作用剤を見つけ、ブーランの足をすくってやればいいと本気で願いかけた。反作用剤が発見されたという事実を公表するだけで、原油価格は高騰を上回る速さで暴落する。

駆けめぐっていた思考が止まった。

反作用剤……

この取り組みをはじめた時点から、反作用剤の存在には悩まされていた。破壊菌の探索とともに、反作用剤についても血眼になって探し求めた。見つけたらその存在を地球上から根絶させるつもりだった。

その目論見《もくろみ》がはずれた失望は大きかったが、ここに来ていきなり、反作用剤が救いの主となる可能性が出てきた。影響力を取りもどして、ブーランと〈コンソーシアム〉を足もとにひれ伏させることができるかもしれない。

「五〇〇〇万ドルは受け取るわ」とテッサは言った。「あなたの侮辱にたいする慰謝料として。でも、あなたの友人たちが思いがけない儲け話を引きつづき楽しみたいなら、五〇〇〇億ドル払って。金証券と暗号通貨で。それと年間一〇億ドルの使用料を未来永劫《えいごう》、支払っていただくことと、きょうのあなたがしたような侮辱への謝罪をしてもらうから」

ブーランは歯を剝き出した。その弾《はず》みで、箒《ほうき》を思わせる濃いひげが口もとを覆った。

「美人のわりに口が悪いな。そればかりか、きみは愚か者だ、テッサ。ここはウォール・ストリートの立会場じゃない。きみはここでは客人だが、いつ囚人になってもおかしくない。私がきみの叱責を許したところで、ほかの連中はそうはいかない。彼らはきみの提案に応じないどころか、こんな口のきき方をしたきみの命を奪うだろう」

「わたしには指一本ふれやしないわ。危険だってことを、あなたから説明してもらえれば」

「危険というのは？」

「わたしは石油を排除した。でも、お金を払ってもらえないなら元にもどすから」

ブーランはその意外な発言に顔を引きつらせ、目を丸くした。「どういうことだ？」

「わたしは解毒剤を持ってる」とテッサは言った。「石油を餌にする細菌があるように、細菌を餌にする反作用剤があるのよ。きっと誰かが補塡してくれるわ。あなたと友だちか、アメリカ人や中国人か。原油価格が青天井になれば、むこう一〇年、みんなそれぞれ一兆ドルの持ち出しになる。それを避けるためなら何でもやるはず。ご存じだろうけど」

「彼らはきみから受け取ったものを複製するぞ」

「たぶん。でも相当な額になるから、反作用剤を放出しないですむように、あなたたちに払ってもらうのがいいと思う。それでウィンウィンってことになるわ。でもね、わたしが勝てなければ、誰も勝てないから。そこは忘れないで。わたしにふさわしい補塡がなかったら、あなたと〈コンソーシアム〉も道連れにする」

ブーランは逆上した。コートのポケットに手を入れ、美しくも危険なナイフを抜き出してテッサに近づいた。「偉そうなことをほざくと殺すぞ」

テッサは後ずさりしたが、フォルケの部下がナイフより強力な武器を構えると、ブーランは凝然とした。するとブーランの儀仗隊が銃を掲げた。一瞬、至近距離からの銃弾の応酬で、相討ちとなりそうな気配がただよった。

「みんな落ち着いて」とテッサは言った。「ここで死ぬか、お金持ちになるのか。あなたと〈コンソーシアム〉は、これから何十年と繁栄していく。原油価格の上昇で、すでにあなたの蓄えは数千億ドルもふえたわ。わたしへの支払いは自腹を切るまでもない。お金を借りて送金すればいいだけ。ちくりとも痛まないから」

ブーランはテッサを睨みつけた。「きみは生きてカザフスタンから出られないぞ」

「わたしはかすり傷ひとつ負わずにここを出ていく」とテッサは言いかえした。「そうよ、アラト・ブーラン、あなたがそれを保証するの。さもなければ、反作用剤が――複製して、世界のあちこちで保管してるんだけど――特定の政府機関に届けられることになってる。その正体と培養のしかたと、手っ取り早く効果をあげる方法を示した詳しい説明書も添えてね。殺したければ殺せばいいわ。でも、その行動は破滅への引き金をひく――あなたの成金の帝国の」

ブーランの顔色が赤紫色になった。こめかみで、血管が稲妻のように脈打っていた。

「その反作用剤はどこで生まれた?」

「フランス人がつくったのよ。石油破壊菌から自衛するために。いまはわたしの身を護ってくれてる。ミラードがフランスから持ち出したレポートを送るわ。あなたの仲間を説得する材料になるでしょう」

「それがたとえ本物で、われわれが支払いに応じたにしても、五〇〇億ドルの送金というのは納得できない。何の報酬なんだ？」

「べつに誰かを説得する必要はないけど、もしお返しする気があるんだったら、わたしの会社を買って。ご存じかもしれないけど、売りに出してるから」

ブーランはテッサをじっと睨んだ。

「二重の勝利だと考えて」とテッサは言った。「反作用剤は秘密のまま、うちで設計した燃料電池は市場に出ない」

ブーランはなおテッサを見ていたが、その目の色はやわらいでいた。おもむろにナイフを下ろした。「抜け目のない女だ」

テッサは相手のまなざしの変化をつぶさに見届けた。「わたしが手の内を全部明かすと思った、わたしのブーラン？」

ブーランの肚《はら》はすぐに決まった。その表情から緊張と怒りが消えた。後ろにさがってナイフをしまった。彼の合図で部下たちが銃を下ろした。

「きみのオファーを〈コンソーシアム〉に持っていく。銀行が思惑どおり、気前よく金を出してくれることを願おう」

「世界経済がにわかに石油に飛びつく状況だから、銀行はあなたにお金を注ぎこむわ」

ブーランは踵《きびす》を返し、それ以上言葉を発することなく立ち去った。部下たちもその後につづき、強風に一掃される木の葉のごとく部屋を出ていった。

テッサはその場にたたずんだ。ともに残ったのは部下たちとコンピュータ、そして山積する諸問題。いまや瀬戸際だった。それを知るのはテッサひとりではない。背中にフォルケとウッズの視線を感じていた。

ふたりが何を考えているかがわかる。自分も同じように思っているから。海にもどらなければならない。オースチンとNUMAに先んじて反作用剤を見つけないと、自分たちの命は失敗した燃料電池以下の価値しかなくなる。

59

ザバーラの耳に飛び立っていくヘリコプターの音が届いた。ローターによるスタッカートの唄が、プリヤと身を隠している古い機中に響いた。すでにドローンの飛行音は聞こえていたし、トラックなどの車輛も定期的に行き交っていた。

「わたしたちを探してる？」とプリヤは訊ねた。埃と水分不足のせいで、その声はしわがれていた。

「どうかな」ザバーラはコクピットに行って埃まみれのガラスに顔をつけ、夜のうちに汚れを拭っておいた一画から外を覗いた。「ヘリコプターは山の方角に向かってる」

「彼女、ブローカーと会うのかも」とプリヤは言った。「彼女のグレイなお金はこの地域からも出てる」

「グレイな金？」

「出所の怪しいお金」

ザバーラはうなずいた。「彼女が手に入れたのは金だけじゃない。見たところ、ここにある部品で、あの飛行機の継ぎ接《は》ぎをしたんだろう」

「つまり、この土地に長く縁があって権力を持つ友人がいるってことね。脱出しようというわたしたちにしたら、先が思いやられる」

そこはザバーラも気づいていた。ロシア航空機のスクラップ、日中の暑さと夜の冷え込みといった条件から、ここは中央アジア高地の砂漠ではないかと目星をつけていた。国名の最後に〝スタン〟が付く――カザフスタン、ウズベキスタン、トルクメニスタンのどれかだろう。三国とも旧ソ連圏で不毛の地が広がり、赤軍の備品が大量に遺棄されている。

というわけで、じっとしているのが最善策なのだが、その場に留まることが無為を意味するわけではない。

ザバーラはテッサたちの動向を見張り、彼らが別の飛行機の陰に姿を消すまで見届けた。とくに動きがなくなると貨物室にもどった。「そっちの調子は？」

床に座ったプリヤは電子部品に囲まれていた。ヘリコプターの旧《ふる》い航空電子システムから取り出された部品があり、メルセデスから調達したものもあった。彼女は銅線ではんだごてをつくってSUV車のバッテリーから電源を取り、無線の送信機と受信機を一から組み立てていたのだ。

「送信機の作業はまだ残ってるけど、受信機はもうテストができる。お願いしていい?」

ザバーラは、はんだごての電源を切って受信機につなぎなおした。

ヘリコプターのオーディオシステムから取ったダイアルを使い、プリヤはすこしずつ電圧をかけていった。電荷が大きすぎたり、急に上げすぎると接続部が溶けてしまうおそれがあるからだ。

ザバーラはプリヤの隣りに腰をおろし、メルセデスからはずした小型スピーカーに二本のリード線をつないだ。プリヤが周波数を調整していくと、最初は雑音以外なにも聞こえなかったのが、やがてアラビアの音楽を流すラジオ局をキャッチできた。

「トップ40のカウントダウンじゃないけど」とプリヤは言った。

ザバーラは笑った。「でも、いい音だ。ほかには拾える?」

「発信しているものなら拾えるはず。ダイアルを回して」

プリヤは細かく調整しながら、低い周波数のほうに合わせていった。種類も強度も異なる雑音がいろいろ聞こえてきた。「もっとましなアンテナがないとだめかもしれない」

「待った」ザバーラは手を上げた。「もどって……そのあたり……止めて」

「どうしたの？」

ザバーラはスピーカーに耳を近づけた。「英語だ」

受信状況は悪く音もかなり小さいので、何を話しているのかまではわからない。

「微調整できる？」

プリヤはもう一個のダイアルをわずかに動かした。一瞬、完全に途絶えた音声がもどり、多少音量も上がって聞き取りやすくなった。

ザバーラはじっと聞き入りながら、にわかには信じられない思いでいた。

プリヤも気づいていた。「テッサよ」

「相手は彼女の部下だ」別の声にも聞き憶えがあった。「でも、どうして聞こえるんだ？」

「カートが仕掛けた盗聴器に当たったの。まだ送信してたのね。音声作動式だから、ふだんは節電モードで、音を拾うと送信される」

ザバーラはスピーカーにさらに耳を寄せ、会話を聞き取ろうとした。「機内にちょうどはいったところだ。出入口の脇に立ってる」

「ブーストしてみる」

プリヤがまた別のダイアルを調整すると、音声がより鮮明になった。

〈気でもちがったのか?〉男の怒声がした。〈ブーランたちにはったりを見抜かれたら、皆殺しにされるぞ〉

テッサが語気鋭く言いかえした。〈脅しをかけなかったら、どのみち殺される〉

それにたいする返事はこもった声で、中身は聞き取れなかった。テッサがつづけた。

〈ブーランと仲間は使いきれないほどの財産を築いてる。いい、彼らは原油の値段を
青天井にしておくためなら何でも――どんなことでもするから。市場を独占するのに何十億もかけて、この機会が来るのを何十年も待ちわびてきた。いまさら後には引かないわ〉

〈じゃあ、証拠を見せろって言われたらどうなる?〉と詰問する男の声がした。〈デモンストレーションもなしに、連中が金をぽんと差し出すはずがないだろう。対抗策もない、証明もできないんじゃ振り出しにもどって、結局は皆殺しだ〉

〈わたしを見くびってるの?〉とテッサが言った。〈だから反作用剤を見つけるのよ〉

〈三年まえにさんざん探したじゃないか。今度は運よく見つかるっていうのか?〉

〈専門家にやってもらうんだから。オースチンと仲間たちに〉

つかの間、場が静まった。やがてテッサの声がした。〈あなたが言ったみたいに、

オースチンたちはいま《ミネルヴ》を捜索してる。沈没船探しが専門なんだから、すぐに発見するわ〉

〈だからどうなんだ？〉と男が質《ただ》した。〈発見したら、連中は船で囲いこむ。そこを突破するには艦隊が必要だぞ〉

〈そう〉とテッサが同意した。〈でも、すぐじゃない。時間差ができる。発見してから援護の船舶が到着するまでの空白が。こっちはその間に動いて、怒れる天使よろしく天から舞い降りたら、本来わたしたちの所有であるものを取りあげる〉

言葉の余韻が尾を引いた。ふたたび話しはじめた男の声音に変化が起きていた。

〈連中が働いて、ご褒美《ほうび》はこっちのものか。そんなに馬鹿げた話でもない。オースチン殺しに失敗してよかったじゃないか。結局、オースチンが頼みの綱になったんだから〉

〈こっちが狙ってるものを見つけくれたら殺すわ。まずは彼らの捜索区域に近づかないと。発見と同時に対応できるように〉

〈ブーランと距離を置くのも悪くない〉

〈そういうこと〉

〈飛行機に給油して、ドローンと人員をもどす。しかし、ザバーラとカシミールって

女はどうする?〉

〈裏切り者の男女が逃げて、テーブルを引っくりかえすかもしれないってブーランに話しておく。そうしたら彼は見つけしだい殺せと、部下に命令するわ。ちょうど憂さ晴らしになるかもしれないけど、どっちみちあのふたりはカザフスタンで死ぬ。さあ、はじめるわ〉

そこで会話は途切れ、足音が遠ざかると送信機の電源は切れた。

ザバーラとプリヤは顔を見合わせた。

「わたしのせいで、カートやポールとガメーを大変な危険にさらしてしまった」とプリヤは言った。「どんなに脅されても、屈してはいけなかったのに」

「きみが応じるまで、連中はぼくらを拷問《ごうもん》にかけたはずさ」とザバーラは言った。「先に勝ちを譲ってぼくらは身を守った。そして、まだ戦力になれる立場に身を置くことができた」

「どうしたらいい?」

「カートたちに警告するんだ。いまのをどうにかして短波で流せないか?」

「すこし時間がかかるけど」

「ほかに打つ手はなさそうだ。このあたりで助けは来そうにないから」

プリヤはうなずいた。「さっそく取りかかるわ。短波は深夜のほうが届きやすいから」

「よし。日が暮れるまで、できることはなんでも手伝う。夜になったら、〈モナーク〉に忍びこんで妨害工作をやる。ちょっと頑張れば、数日は飛べないようにできる」

60

NUMA船〈グリフォン〉

コンピュータ装置のライトを浴びたオースチンはひとり舵を取り、夜を徹して船を西へ向けて走らせていた。割れた窓には応急処置でパネルが張られ、残った装甲は元の位置に収納されている。

レーダー画面に新たなヘリコプターの飛来が表示されたのは、深夜〇時を過ぎたころだった。これは予測していたことで、オースチンはマイクを手に取り、NUMAの周波数にダイアルを合わせて話しかけた。「ルディか？　それともポールとガメーを戦闘配置につかせようか？」

〈今夜の撃墜はごめんだ〉とルディ・ガンが言った。〈乗船許可を求める〉

「許可する」とオースチンは応じた。「駐機場所を見つけよう」

〈それにはおよばない。まだ綱を伝って降りるくらいの若さがある〉

オースチンは外部照明を点け、自動操縦をヘリコプターの針路に合わせた。それがすむとインターコムのスイッチを押した。「ボスの到着だ。甲板に出て、海に落ちないようにお出迎えしてくれ」

呼び出しを受けたポールとガメーは、ガンの到着に手を貸そうと後甲板に向かった。ヘリコプターは船尾方向からまっすぐ接近してきた。機体下部にある投光照明が海面を照らした。

ゆっくり距離を詰めてきたヘリコプターは、〈グリフォン〉の真上に達して速度を合わせた。側面のドアが開き、全天候型のスーツにライフジャケットを着けたガンの姿が見えた。

船とヘリコプターの動きが同期すると、ガンがケーブル伝いに降下をはじめた。風とヘリコプターの洗流で身体が後方にもどされた分をパイロットが巧みに補正し、手の届くところまで降りてきたガンの足をポールがつかんで無事甲板に降ろした。

ハーネスをはずしたガンは上空に合図を送り、パイロットはライトを点滅させると北へ飛び去った。

「パーティにようこそ」とポールが言った。

「出遅れたようだな」ガンは焦げ跡やへこんだ装甲、装備の欠損に気づいて返した。

「それでよかったのよ」とガメーが言った。

「船室に行こう」とガンは言った。「さっきまでハイアラムと電話をしていた。彼とマックスから話がある」

〈グリフォン〉の船内にはいると、ガンはライフジャケットと雨具を脱いで腰をおろした。「水中翼船の旅は驚くほど快適だな。五〇ノットで航行しているとは思えない」

オースチンは振り向いた。「サラブレッド並みに走るね。修羅場をくぐり抜けたあとも」

四人で込みあう操舵室で、オースチンは通信システムのスイッチを入れ、ワシントンDCからの送信を受け入れた。リンクが確立すると、すぐにハイアラム・イェーガーの顔が画面に現われた。

〈旅はつづいてるようだね〉とイェーガーが言った。

「ルディに言っているの、それともわたしたちに?」とガメーが訊いた。

〈みんなにさ〉

「旅ははじまったばかりだ」とオースチンが言った。「何があった?」

〈ぼくらの捜索は成功したよ〉とイェーガーは宣言した。〈怖いくらいにうまくいっ

た〉

「まさかの展開だな」とガンが言った。「それで？」

〈古い調査から可能性のある潜水艦が見つかった〉とイェーガーは説明した。〈その後もう一隻見つけた。で、そのあとにも一隻。いまのところ、《ミネルヴ》の可能性があるソナーコンタクトが六件ある〉

「六件ね」オースチンは皮肉っぽい口調で言った。「それで全部か？」

〈でも、ゼロよりはましだね〉とイェーガー。

「そのとおりだ」とガンが応じた。「データを送ってくれ。こちらで調べる」

〈送信中だよ〉

情報がワシントンから送られ、地中海中央部の地図が画面に表示された。ブーツ型のイタリアが真ん中を占め、リビアとチュニジアがいちばん下、ギリシャの半島が右端、コルシカ島とサルディーニャ島およびフランス南岸が左上にある。

一個ずつ、輝点が地図上で点滅していった。最初の点はツーロン沖八〇マイルで、二番めはサルディーニャ島付近の浅瀬。つぎの二個はイタリアとギリシャの間の深海で点滅した。五番めはリビア沖。六番めはマルタ島付近だった。

つぎにソナー画像が映し出された。オースチン、ポール、ガメー、ガンの四人は代わるがわる未処理の画像を検《あらた》めた。

「古い画像はひどくぼやけてる」とガンが指摘した。

「そっちが半人前のころから、システムは進化を遂げてるのさ」とオースチンは言った。

「ずいぶんだな」とガンが返した。「きみとはそんなに年は離れてないぞ」

データの受信が完了するころ、すでに話題はリストの絞り込みに移っていた。

「チームを追加するよう指令は出してある」とガンが説明した。「ただし、準備ができるまで二、三日はかかるから、まずはわれわれで作業にかかる。どこの扉を開きたい？」

「ツーロン付近の沈没船は除外していい」とオースチンは言った。

画面上で、イェーガーが異議を唱えた。〈マックスは《ミネルヴ》のプロフィールと物理的にいちばん一致するもののリストをつくったんだ〉

「これは潜水艦に間違いないが」とオースチンは言った。「この場所はフランスが見落としようがない」

イェーガーは反論しなかった。

「深海の沈没船は？」とポールが提案した。「現在地に比較的近いし、そこから調べれば日程の節約になるんじゃないか」

「潜降と浮上の時間を計算に入れてないだろう」とオースチンは言った。「それに、どちらも〈ミネルヴ〉じゃないと思うんだ」

「なぜそう言える？」

「イスラエルに向かって一直線上にあるからさ」とオースチンは言った。「追われてるのがわかっていながら、目的地までに最短のルートを取るか？」

「〈ダカール〉はそうだったな」とポールが指摘した。

「その海域を除外する理由はほかにもある」とオースチンは言った。「狙いは異なるルートを取ることにあるはずだ。深海域を通る針路は〈ダカール〉のものと似すぎている」

ガンが口を開いた。「とりあえずそこは除外しよう。マルタ島もだ。すると、残るはサルディーニャ島付近とリビア沖の沈没船だ」

オースチンは地図を睨み、候補地それぞれに向かう針路と方位を頭に描き、時間と距離と危険性を計算した。

「話は故障したシュノーケルにもどって、〈ミネルヴ〉の艦長代理がルディの提言を実践して——日中は水中に身を隠し、夜間に浮上して航行する作戦——を採ったとしても、やはりフランスのレーダーは気になったはずだ。そこでどうするか？」

「考えられるオプションはふたつ」とガンは言った。「フランスのレーダーに見つからない他国の領海域を行くか、航路帯を通り、少なくともレーダー上では一般の船舶のふりをするか」

つぎに口をきいたのはガメーだった。「シチリア島周辺の航路帯は、南端のイゾラ・デッレ・コレンティを一周する船で混雑するの。行方不明の潜水艦はたとえ夜間でも目につくわ。わたしたちの友人は危ない橋は渡らない」

いい線を突いている。フランスは潜水艦が行方不明になったと公表したのだから、〈ミネルヴ〉は人目につかない場所に没したにちがいない。「だとすれば、残るオプションはひとつ」とオースチンは言った。「できるかぎり速やかにフランスから離れたら、東へ向かい、アフリカ大陸沿岸を進む」

「フランスはおもに飛行機で捜索していた」とポールが言った。「フランスから離れたら、それだけ行き帰りの移動時間が長くなり、現地での時間は減る」

オースチンはうなずいた。「南へ行けば〈ミネルヴ〉と〈ダカール〉の距離は広がり、フランスが両方を見つける可能性は低くなる」

「それにもしフランスが潜水艦の通常の速度を考慮して捜索範囲を東へ進めていたと

すれば、すぐにも〈ミネルヴ〉前方の海域を捜索していたはずだが、当の〈ミネルヴ〉はずっと遅れて走っていた」とガンが言った。「彼らが発見できなかった理由は、それで説明がつくかもしれない」

全員の目がリビア沿岸沖の目標に据えられた。シドラ湾の浅瀬、岸から七〇マイル沖の地点である。

〈そのソナー画像はいちばん古い一枚だね〉とイェーガーが言った。〈かなりぼやけてる〉

「それでも、そこが捜索対象だ」とオースチンは言った。「全速力で行けば、朝までに着く」

61

カザフスタン中部

ザバーラは塵《ちり》と埃にまみれて腹這っていた。ヘリコプターを出て航空機二機の残骸の前を抜けると、古いトラックが溜まる雑草だらけの場所にはいった。車輌の間をさほど苦もなく移動して、長く連なる車列の最後尾のトラックの下を這い、〈モナーク〉まで一〇〇フィート足らずの場所に出た。

飛行機との間に障害物はない。その空き地は活動の中心でもあった。ザバーラが見つめていると、そこに小編成の車輌部隊がなだれこんできた。〈モナーク〉に乗りこむわけではなく、近くに駐《と》めて装備と武装した人員を降ろした。男たちが〈モナーク〉のランプを昇っていくなか、一台の大型車輌が到着した。このトラックから長い木箱が運び出された。四人がかりでも運搬に苦労している。

「ミサイルか」とザバーラはつぶやいた。「カートとポールとガメー用だな」

ミサイルが機内に持ちこまれると、さっき音を聞いたドローンがもどってきた。一台、また一台と飛行機のそばに着地すると、テッサの部下がそれを回収していった。その間に、二台のタンクローリーが巨大機の両翼に燃料補給をはじめていた。

「ここを引き払って西へ向かう気だ」ザバーラは独りごちた。「そうはさせるか」

動きがあるというのは両刃《もろは》の剣である。大勢が歩きまわっていれば、それだけ見つかる公算は高くなる。

翻って、これだけ人の出入りがあれば、怪しまれずに飛行機に乗りこむことも可能だろう。かといって、トラックの周囲には人が多くいて、給油作業を妨害するのは難しい。

機械的な部分を、それも簡単には修理できない場所をいじらなくてはならない。ザバーラは飛行機の前輪に目を向けた。

水面に降りた機は、機体を密閉したまま船のように進む。だが、地上では当然ながら車輪が使用される。ずんぐりした前輪は巨大な獣を取りまわすのに不可欠なのだ。あの前輪を損傷させるか、使い物にならない状態にできれば、パイロットも〈モナーク〉を操り、この残骸のなかを滑走路まで移動させることが不可能になる。テッサとその一味は、自分やプリヤと同じく囚《とら》われの身になるのだ。

ザバーラはトラックの下を三番めのトラックのフロントまで這っていった。航空機の前輪を正面に見る位置だった。

光の帯が機首付近を包み、機内からも明かりが洩れていた。その光芒《こうぼう》のなかで、ひとりきりの見張りが金属製のサーモスのカップを手に立っていた。

翼の下にいたクルーから声があがり、ザバーラは給油が終わったのだと察しをつけた。タンクローリーがその場を離れていき、直後に六基のうち最初のエンジンが回りだした。呻くような金属音が点火とともに咆哮へと変わり、やがて風の抜ける低い唸りに落ち着いた。

第二のエンジンが点火した。それでも見張りは持ち場についていた。

ザバーラは後ずさりして武器にできそうな折れたカムシャフトを見つけると、トラックの端までもどった。

備品の搬入が終わって、後部扉が持ちあがりはじめた。機首付近に立つ見張りにも声がかかり、男はカップの中身を地面に流してその場を離れた。足早に尾翼部へ向かい、機に乗りこんだ。

ザバーラは隠れていた場所から機首に向かって走った。プリヤがジオトラッカーを仕掛けようとして、姿を見られた監視カメラのことが気になったが、〈モナーク〉の機体全体が灰色の粉塵に覆われているのを見て、カメラのレンズも汚れて使い物にならなくなっていることを期待した。

たどり着いた前輪は単純かつ無骨な設計だった。大口径の車輪が二個、中央の太い支柱に取り付けられている。あいにく肝心の部分は鋼板とロックデフレクターの下に隠れていた――これは整備の行き届かない場所でも離着陸できるよう設計された、航空機にありがちな構造なのだ。

弱点を探すには高い位置を調べなくてはならない。ザバーラは身をかがめて機体の下側に移動すると、着陸装置の収納部の内側に昇り、車輪の最上部に立った。そこで保護されていない油圧ラインを見つけた。

一本めの配管と格納部の金属製の壁の隙間に手を入れようとしたが狭すぎた。そこでカムシャフトを配管に押しつけ、先端を叩いて横に押しこんだ。配管が外側に曲がった。そこにカムシャフトを滑りこませ、金づちで釘を引き抜く要領で引くと、今度は上に曲がった。

部分的には成功だが、配管には遊びがあり、連結部分からはずれもしなければ割れて開きもしない。もう一度試みようとした矢先、ブレーキが解除され、機体が前方へ飛び出した。

車輪の上に立っていたザバーラはバランスを崩した。カムシャフトを放り出して前方に飛び、壁面の突起につかまった。ぶら下がった格好で両足が前後に振られた。取りはずそうとしていた油圧ラインに手を伸ばした。二本の配管を両手でつかんで身体を引きあげると、大きく開脚して格納部の扉の内側にある突起に足を掛けた。

飛行機は、早歩き程度の速度で砂まじりの大地を移動していた。ザバーラは作業にもどり、素手で配管を引っぱった。

足もとで車輪が向きを変えた。工作の成果かと一瞬思ったが、機体の向きが変わると車輪はまっすぐになり、エンジンが唸りをあげた。

「だめか」

滑走路にはいって速度が上がった。

地面を見るのはやめて油圧ラインに目をもどし、二本めの配管をつかんで容赦なく引いた。それをくりかえすうちに管が指に食いこんだ。早晩出血するだろうが、おかまいなしだった。

配管が限界まで伸びると、ザバーラは身体を後ろに倒し、もう一度強く引っぱった。管に亀裂がはいり、赤いオイルが格納部内に飛び散った。その数秒後には緊急停止機能が働き、油圧ラインが閉鎖された。

ザバーラは下を見た。もはや手遅れだった。前輪の向きはまっすぐになり、離陸に向け所定の位置に固定されていた。この世のものとも思えないエンジン音がますます大きくなり、眼下の地面がさらに速度を上げて通り過ぎていく。

飛び降りるには遅すぎる。すでに時速四〇マイルは出ていた。飛び降りて死ななくても、着陸装置の一六個の車輪につぶされて任務完了になる。降りる手段をなくして、ザバーラは上を見た。以前、オースチンと格納部のドアからロシアの爆撃機に侵入したことがあった。たぶんここでも同じようにできるだろう。

飛行機が速度を上げると、前輪が振動しはじめた。小石が格納部内に飛び込み、風が渦を巻くように吹きあげてきた。ザバーラは上に昇っていった。検査室ほどの広さしかないハッチがあったが、この場に留まるよりましだった。ザバーラはハンドルをつかんでひねり、ハッチを開いた。はいりこめる広さはあった。

身体を持ちあげ、足も引き入れてから周囲を見まわした。ちょうど飛行機は機首が地面を離れるところだった。宙に浮くと前輪の格納がはじまった。

もはや逃げ道は断たれた。ザバーラはハッチを閉じた。

機内のどこにいるのか見当がつかない。それを言うなら、飛行機がどこへ向かっているのかもわからなかった。とにかく旅に付きあうしかなさそうだった。

　地上では、プリヤがロシアの旧式ヘリコプターに身を潜めたまま、〈モナーク〉が離陸する物音に複雑な思いを抱えていた。テッサとその一味が出発したということは、自分が見つかる可能性は低くなったわけだが、飛行機が無事に離陸したということは、同時にザバーラの失敗を意味する。ザバーラは敵に捕まったかもしれないし、殺されたかもしれない。〈モナーク〉がオースチン、ポール、そしてガメーを始末する任を帯びて飛び立ったのだとすると、短波送信機を完成しようにも時間切れなのだ。

　プリヤはつくりかけの機械に視線をもどした。設計図はなかった。メモを取る紙もペンもなく、すべて記憶と理論を頼りに組み立てていた。暗がりでは作業できないため、メルセデスからドーム型ライトを一個はずし、手もとを照らす明かりに利用した。しかし、使えばそれだけバッテリーは消耗する。信号を送るには電源が必要なのに。

　作業にもどり、大急ぎで仕上げにかかった。

〈モナーク〉が離陸して一時間後、疲労と寒さ、周囲の砂漠と変わらぬ喉の渇きと戦いながら、最初の送信を試す準備ができた。

　慎重に電圧をかけていった。スピーカーの横に耳を近づけ、信号の気配に耳をすました。しばらくして、何かが聞こえてきた。今度は大量の英語——それもイギリス英語。

〈エドワード・バニスターが本日のプレミアリーグの試合結果をお伝えします……〉

ＢＢＣワールドサービスが流れるべきところに流れてきた！　こんなに美しい響きを耳にしたことはなかった。

つぎの仕事は送信できる周波数への変更で、おそらくＮＵＭＡはメッセージを聞き取ってくれる。プリヤは周波数を一二・二九〇キロヘルツに合わせた。海上での緊急周波数帯だ。もはや使用する団体はほとんどないが、ＮＵＭＡはいまでもモニターしている。つまり、ほかに交信がないので、こちらの信号はそれだけ目立って拾われやすいはずだった。

プリヤは送信機を作動させて話しはじめた。「メーデー！　メーデー！　メーデー！　こちらプリヤ・カシミール、一二・二九〇で送信中。緊急連絡。聞こえますか？」

プリヤは送信機から手を離して返答を待った。三〇秒が過ぎ、一分が経過した。

「遠すぎるのね」とつぶやいた。ザバーラが自作して、ヘリコプターのコクピット上に伸ばしたアンテナがあっても。

こわごわと出力レベルを上げていった。「メーデー！　メーデー！　メーデー！

聞こえたら応答願います」

それでも反応はなかった。

もう一度出力を上げた。

結果は惨憺《さんたん》たるもので、回路のひとつが音をたてて発火した。

「そんな！」電気火災の鼻をつく臭いが室内に充満し、プリヤは電源を切った。

手遅れだった。送信機は壊れた。

プリヤは咳《せ》きこみはじめた。発端は煙のせいだが、乾燥と粉塵がそれに追い打ちをかけた。かれこれ二四時間、水分補給なしですごし、脱水症状を起こしていたのだ。唇はひび割れ、しきりに目がひりつき、頭がぼんやりして働かない。とにかく横になって眠りたい。

そんな気持ちを脇に押しやり、彼女は電源コードを手探りすると、送信機からはずしてドーム型のライトに接続した。その明かりで見ても損傷は明らかだった。電気回路は数カ所で焼け焦げていた。はんだづけした場所も溶けていた。何時間も作業した苦労が水泡に帰した。

プリヤはその惨状を眺め、床に積みあげられた予備の部品の山を見た。選択の余地はなかった。身体を倒して手持ちの部品を調べ、骨の折れる修理作業を開始した。

62

シドラ湾、七〇マイル沖

地中海に朝が訪れた。晴天の下、大海原が広がり、〈グリフォン〉はリビア沿岸から七〇マイル沖合に停泊していた。

オースチンとルディ・ガンは船橋に残り、トラウト夫妻がおこなう一本めの潜水を中継映像で見ていた。

リビア沖は浅瀬で、水は温かく澄んでいる。海岸から七〇マイル離れたこのあたりでも、水深は二〇〇フィートを超えない。海底は平らな砂地で、ダイビングにもってこいの取り合わせである。

「沈没船発見」とポールが言った。「間違いなく潜水艦だ」

オースチンとガンは画面に映る沈没船を見た。横倒しで海洋生物に覆われ、堆積物に埋もれかけているが、その姿形は紛れもなく潜水艦のものだった。

ポールは船尾に向かって降下し、舵と片方のスクリューをすんなり視界に入れた。

一方のガメーは船体に沿って泳いでいた。

「いまのところ損傷は見当たらない」とガメーは言った。「損傷どころか、大きな衝撃を受けた形跡がどこにもないの。むしろ沈泥にそっと着地して、そのあと横倒しになった感じ」

「いいじゃないか」とポールが言った。「それなら捜索も楽だ」

「これが目的の潜水艦だったらな」とオースチンは言った。「われわれの見立てどおりか確かめよう。船首にまわってくれ」

〈ミネルヴ〉は船首付近で、釣鐘形の独特なハウジングが張り出している。そのため、強力なソナーシステムの設置に際して魚雷発射管を移動させる必要がなかった。〈ミネルヴ〉には船首に八本、船尾に四本、合計一二本の発射管がある。

ポールはスラスターを作動させ、船体の端から端まで、展望塔の前を通過して船の前方へ向かった。そして砂丘のごとく船首を覆った沈泥のあたりで止まると、スラスターを使って堆積物を取り除いていった。

オースチンとガンは成り行きを見守った。特徴的なソナーハウジングと一本めの魚雷発射管の開いた前扉がはっきり見えた。「たしかに彼女だ」とガンが言った。「きみの直観力には畏《おそ》れ入った」

「どうも」とオースチンは言った。「お褒めの言葉はあとで味わうとして、潜水艦の封印を解いて目当ての品を探そう」

オースチン、ポール、ガメーがフランスの潜水艦で作業を開始したころ、ハイアラム・イェーガーは時差にして七時間、距離にして五〇〇〇マイル離れた自分のデスクに座り、その推移をリモートで見つめていた。

ワシントンDCは深夜〇時をまわったころである。

「正しい場所を切ってるみたいだね？」イェーガーはマックスに訊ねた。

マックスは例によって的確な答えを返してきた。「カメラの角度と潜水艦の中心線の方向に基づくと、ポールとガメーは最適位置の六インチ以内を切断していると思われます。人間の作業として申し分ない精度です」

「潜水艦内に爆発性ガスが充満している可能性は？」

「不明です」とマックスは言った。「一般的に、可能性は低いですが」

「心配事がひとつ減ったな」イェーガーは椅子の背にもたれ、両足をデスクに投げ出して画面を注視した。ポールは〈トレンチ・クローラー〉の溶接工具を使い、外殻の一部を取りはずし終えたところだった。いまはガメーとふたりで内側の耐圧殻に取りかかっている。

作業の進捗は遅く、イェーガーは画面を見ながら眠気に誘われていた。うとうとしかけたところにデスクの電話がけたたましく鳴り響いた。すばやく身を起こし、デスクから足を下ろした。「マックス、きみからなら電源を切るよ」

「電話をかける仕事は業務外です。通信室からの連絡です」

「こんな時間に？」イェーガーは電話を取った。「こちらイェーガー」

「ミスター・イェーガー、通信室のエリー・レイモスです」

「用件は、ミズ・レイモス？」

「聞いてもらいたい通信があります。一二・二九〇キロヘルツの周波数にはいってきてます」

「短波の古い緊急周波数帯だね？」

「ええ。海上周波数帯です。いまは公式には使用されていませんが、監視はつづけています」

「誰かが緊急事態を宣言してるなら、それは沿岸警備隊にでも――」

「海上の緊急事態ではないんです」とミズ・レイモスは答えた。「ただのいたずらかもしれませんが、そこがはっきりしません。でも、とにかく聞いてください」

「つないで」

カチッと短い音がして電話に通信がつながり、イェーガーは電話をスピーカーフォンにした。最初は空電ばかりだったが、やがて耳障りな低音が消え、背景の雑音だけがつづいた。しばらくして音声が聞こえてきた。

〈……正確な現在地は不明ですが、カザフスタン国内の……と北緯四七度の間……カスピ海の一五〇マイル東〉

声の主に気づいて背筋に悪寒が走った。「プリヤ？　プリヤ、聞こえる？」

応じたのはエリー・レイモスだった。「こちらでも話しかけてみました。一方通行の通信なのか、こちらの応答が聞こえないだけなのかはわかりません。とにかく、通信がはじまってから話しつづけていて、同じ内容をくりかえしています」

「どこまで伝わったか、本人もわからないんだ」とイェーガーは言った。「これは録音してるよね」

「緊急放送時の通常の手順に従ってます」

ＮＵＭＡは緊急通報をすべて録音し、重要なものはコンピュータのアーカイブに永久保存している。

ふたたびプリヤの声がして、イェーガーは黙った。

〈……ジョーのおかげで脱出できて……現在行方不明……《モナーク》への妨害工作が……〉

「いまジョーって言ったね？」

「はい」とマックスが答えた。

〈……テッサ・フランコは地域の石油業者《コンソーシアム》のメンバーと結託して……環境保護を装い……目的は世界的な石油不足を持続させることで……〉

また雑音がはいって通信が途切れた。

「マックス、三角法で発信地を割り出して。プリヤがどこから放送しているのか知りたい」

「三角法は無理です」とマックスが言った。「ほかの短波受信機で信号を拾っていません。おそらく原因は送信機の位置か大気の影響か、もしくは受信装置の品質のせいでしょう」

ＮＵＭＡ本部に設置されたアンテナは世界一の精度を誇り、いかに弱い無線信号でも受信できる設計だった。ワシントンの設備に匹敵する装置といえば、ＮＵＭＡのハワイの施設にしかなく、こちらは五〇〇マイルの彼方《かなた》にあるのでプリヤの放送は拾えない。

通信状態が持ちなおし、プリヤの声がもどってきた。今度の電波はかろうじて聞き取れるほどだった。

〈……ハッキングを強制され……NUMAのシステムは不正侵入され……カートの居場所は突きとめられ、追跡されてます……危険が……フランスの潜水艦が発見されたら攻撃される……テッサは解毒剤を手に入れようと必死で……対艦誘導ミサイルを所持していると……どうか警告を……〉

甲高い雑音に通信が妨害され、それが消えると、ぱたっと音がやんだ。

「エリー、どうした？」

「信号が消えました」とエリー・レイモスが答えた。「通信が停止したんです。残念ですが。録音を記録に残し、適切に分類します」

「いや。記録には残さないで」

「でも――」

「寄せ集めのファイルに入れて、〝黒点障害〟とか適当に名前を付けて、あとはこの話は誰にもしないこと」

「ですが、ミスター・イェーガー、それでは通常の手順に反します」

「いいから。ぼくがあとで説明するよ」

「わかりました」

イェーガーは電話を切って接触を断った。「マックス、うちはハッキングされてる？」

「私のシステムは安全です」とマックスは言った。「しかし、NUMAにはほかにもサーバーがあり、独立型《スタンドアローン》のシステムがあります」

「そこを徹底的に調べてくれ」とイェーガーは命じた。

数分かかったが、マックスの回答はイェーガーの予想したとおりだった。「九二パーセントの確率で、補給と物資輸送のモジュールに不正アクセスがありました。ほかのアプリケーションにも同様の侵入が見られます」

「なぜカートが地中海でやつらに見つかったか、これで説明がつくな」

「修正した手続きでシステムを保護しましょうか？」

イェーガーはしばし考えこんだ。「いや、そのまま放っておこう」

「既知のセキュリティ侵害を放置することはお勧めできません」とマックスが言った。

「さらに侵入を招きます」

「わかってるって」とイェーガーは言った。「でも、こっちが気づいてることは知らせないでおきたいんだ」

「妥当な仕掛《ギャンビット》けですね」

「まさにチェスのギャンビットさ。カートとルディには話しとかないと。でも衛星ネットワーク経由じゃなくて。そっちもやられてるかもしれないし」

「〈グリフォン〉は暗号化された無線受信機を装備しています」とマックスは言った。

「第三者による傍受は不可能です」

63

オースチンが潜水作業に合流する準備をととのえたころ、ブルーの無線が耳障りな音をたてた。その呼び出しをオースチンは奇異に感じた。ブルー——もしくは暗号化無線——は比較的古いシステムで、いまではめったに使わない。最近のNUMAでは、通信にもっぱら衛星回線を利用しているのだ。

警報音がくりかえされ、つづいて音声が流れた。〈カート、こちらハイアラム、聞こえる？　どうぞ〉

オースチンはマイクロフォンを取って口もとに近づけ、通話スイッチを押した。

「はっきり聞こえる。旧式の無線通信なんか使ってどうした？」

〈衛星通信は不正侵入されたと考えられるふしがあってね〉

「了解。衛星ネットワークは使わないことにする」

〈いい報らせがあるんだ。プリヤから連絡があった。彼女もジョーも無事だ〉

オースチンは手を握りしめた。「ジョーなら、あの船を脱け出す算段をするんじゃないかと思ってた。ふたりはどこにいる？」

〈プリヤはカザフスタンのどこかで、正確な場所は不明。ジョーの現在地はさらに謎だね。ふたりはいっしょに脱出したあと、離ればなれになったらしい。メッセージによれば、ジョーはなんらかの妨害工作をおこなってる最中に姿を消した〉

「ジョーらしいな」とガンが言った。

〈まだある。テッサはわれわれのデータ通信網をハッキングして、きみたちの動きを逐一監視してる。《ミネルヴ》と思われる沈没船にきみたちが潜ってることも把握してるし、探し物が何かも知ってる。きみたちの動きを阻止して横取りするつもりなのさ〉

「どうやって？」

〈《モナーク》は空対艦ミサイルで武装してそっちに向かってる〉

オースチンはその戦略を頭に描いた。「彼女も下手に接近するリスクは犯さない。ヘリコプター二機をやられてるだけにね。まずは長距離ミサイルを撃ちこんでから、雇った部下に後片づけをさせるつもりだろう」

「時間の猶予《ゆうよ》は？」とガンが訊いた。

〈不鮮明な画像でもテッサの飛行機が見つからないかと期待して、長時間露光の衛星画像を使ってたんだけど〉とイェーガーは言った。〈リストにある民間機または軍用機の飛行計画と一致しない航空機を見つけたんだ。そっちがいる場所から一〇〇マイル東で、ぐんぐん距離を詰めてる。こっちから防衛部隊を送りこんで支配権を回復するまで、一時撤退したほうが賢明かもしれないね〉

オースチンはガンを一瞥《いちべつ》した。「潜水艦の外殻を切り開いたばかりだ。沈没船は手つかずで海底に横たわってる。まったくの無傷で、内部を捜索する準備もととのった。いまここを離れたら、連中は〈モナーク〉を着水させ、沈没船に潜って反作用剤を奪って逃走する。スピード違反の取り締まりもできない」

イェーガーが口をはさんだ。〈でも、そこにそのまま留まったら、結局みんなやられて、その女の持ち物にされるだけじゃないかな〉

ガンがオースチンに目を向けた。「私は力になるためにここに来た。逃げることも戦うこともできないなら、われわれはどうする?」

オースチンは氷のように落ち着きはらっていた。「反作用剤を潜水艦から取り出してここを去る。彼女には骨でも残しておいてやるさ」

64

〈グリフォン〉の三〇マイル東で、色鮮やかに塗られた漁船が穏やかなうねりに揺られていた。船上では、乗組員たちが夜のあいだに打った網を引いている。ほかの漁師仲間よりずっと沖合に出て漁をおこなう重労働だが、漁獲が多いので骨を折るだけの見返りはある。

途中、船長が古いウインチのスイッチを入れ、鉛線を入れた網の回収を機械にゆだねた。金属の絡む音とともに巻きあげられた網が水面に出ると、乗組員が獲れた魚の量に驚き、アラビア語で興奮したように言葉を交わした。

にんまりした船長がウインチを停止して前に進み出たが、口笛のような奇妙な音に足を止めた。音は船のむこう側でますます大きくなり、最高潮に達したと思うと、巨大な翼を持つ物体が轟音をあげて頭上を飛び去った。

わずか一〇〇フィートの上空を、漁船を横切るように通過したのち、突風が吹き抜けて船体が傾き、船長の帽子が宙に飛び、乗組員ひとりが海に投げ出された。

〈モナーク〉のコクピットから、テッサは眼下の小型船を見ていた。飛行機の通過で小男たちの船が転覆しかかったことに頬をゆるめた。

「オースチンの鼻はそう簡単に明かせないぞ」とフォルケが釘を刺してきた。

「むこうは感心する暇もないわ」とテッサは言った。「というか、何に襲われたのかも知らずじまいよ。衛星は確認した？」

「接続中だ」

テッサの左側の画面が明滅し、商業衛星サービスの詳細な画像が表示された。精度は軍用レベルには届かないまでも、かなり近いものがある。画像はリビア沖に停泊する、NUMAの武装した小型船〈グリフォン〉のものだった。

「沈没船の真上にいる」とフォルケが言った。

「ズームインできる？」

「ちょっと待った」

フォルケがキーをいくつか叩くと画像がぼやけ、その焦点がふたたび合うと、今度はさらに接近していた。後部のクレーンが船尾梁《りょう》の先に振り出され、そこに鏃《やじり》形の乗り物が吊りさげられていた。

「潜水艇かROVが配備されてる」とテッサは言った。「〈ミネルヴ〉ってことね」

「作業ははじまったばかりだ」とフォルケが応じた。「絶好のタイミングで見つけたってわけだ。連中は作業に夢中で、三〇マイル以内に他の船舶はいない」

テッサはパイロットのほうを向いた。「ミサイルのロックはいつできる?」

「標的をレーダーに捉えないと」とパイロットが言った。「この距離だと高度五〇〇〇フィートまで上昇しないと」

「それに伴うリスクは?」

「ありません」とパイロットは言った。「現時点でわれわれは見えていません」

「では五〇〇〇フィートまで上昇してあの船にロックオンしたら、タイミングをずらして三発を発射して」

「一発で足りるさ」とフォルケが言った。「三発も使ったら――」

「やり過ぎ」とテッサが言った。「そこが狙いだから」

65

NUMA船〈グリフォン〉

オースチンはテッサ同様、画面に目を凝らしていた。スクリーンの一部には〈グリフォン〉周囲のカメラ画像が、また別の部分には船の状態が表示されている。エンジンはアイドリングのまま、翼は出番を待っている。「レーダーはどうかな?」

オースチンの隣りで、ルディ・ガンは別のスクリーンに見入っていた。こちらは赤い円内に白線が時計回りに周回する像が映し出されている。

「なにも見えない」とガンは言った。「これもステルス機に彼女が出費を惜しまなかったおかげだ」

オースチンはカメラを画像編集アプリケーションの〈オートパノ〉に設定すると、前後にスキャンして動きを探った。「理論上、昼日中には大型機は楽に見つかるはずだ。でも、太陽を背にすると格段に難しくなる」

「かの〝赤い男爵〟もその戦術を採った」とガンは言った。「非常に効果があった」

「いまその話はいいから」とオースチンは言った。

やがて一台のカメラが何かを捉えて拡大した。画像はぼやけていたが、しだいに焦点が合った。一見、鳥のようだった。「こいつは〈モナーク〉だな。距離二〇マイルを高速で接近中」

「横から嘴《くちばし》をいれるつもりはないが」とガンが言った。「私なら翼を出して移動するね」

オースチンはタッチパネルで操作した。バーチャルのスロットルを前に倒すとタコメーターが一気に跳ねあがったが、さしあたり出力は抑えておいた。

水中送信機に切り換え、ポールとガメーに呼びかけた。「お客の到着だ。そっちの具合は？」

「もうすこしで耐圧殻に到達する」とポールが言った。

「たっぷりとおもてなしするつもりだが」とオースチンは言った。「急いでくれ」

ガンの目の前の画面が点滅しはじめた。「レーダーで捕捉。二機……いや、三機だ。〈モナーク〉より高速で移動。ミサイルだな。どうやら時間切れだ」

「時間稼ぎができるかやってみる」オースチンはもう一度タッチパネルにふれて水中翼を広げ、ガスタービンを最大出力に設定した。移動を開始した〈グリフォン〉は標準のボート並みに加速していき、水中翼のインジケーターが赤から黄色、緑へと変わった。

船は速度を上げ、カメラは〈モナーク〉を離れて飛来するミサイルを追った。発射体そのものは確認できないが、白い飛行機雲がはっきり見える。

「ミサイルは超音速」とガンが言った。「距離一五マイルを接近中」

〈グリフォン〉は脚部を支えに浮いて加速した。船体が水中から離れ、水の抵抗が消えたぶん、まるでターボチャージャーが駆動したかのごとく俄然《がぜん》速度が増した。

オースチンはGの力で座席に押しつけられたかと思うと、すぐさま前方に押し出される感覚をおぼえた。ガンも身体を前後に揺すられて椅子の肘掛《ひじか》けをつかんだ。

「予想以上に荒っぽい船旅になりそうだな」

「しかも、予想以上に短い旅になるかもしれない」とオースチンは言った。「残り時間は？」

「先頭のミサイルは九マイル後方。一分もない。あとは二マイルの間隔を空けて飛来中だ」

オースチンはスロットルを開いたままにして、〈グリフォン〉は最高速度の九〇ノットに達した。ミサイルとくらべたら這うようなスピードともいえる。

「八マイル」とガンは静かに言った。「七……六・五……」

「カウントダウンはいらない。舵を切るタイミングだけ教えてくれ」

「方向転換しても無駄だ。最初のを避けられても、二発めが命中する。船から飛び降りる準備をしたほうがいい」

「もう遅い。八〇ノットで全身骨折だ」

「それでも、まだましかもしれない」

「たしかにね」

「三マイル」とガンは言った。「二……」

オースチンは面舵を切り、〈グリフォン〉は高速で急旋回した。オースチンとガンは椅子から投げ出されないように踏ん張ったが、ミサイルはなおも追跡をつづけてきた。

「一マイル……」

オースチンはスロットルをわずかにもどし、舵を逆方向に切った。〈グリフォン〉は即座に反応して左舷側に切りかえした。

二発めのミサイルが一〇〇フィートあまり横を通過していった。

「近かったな」とガンが言った。

「つぎはもっと近いかな」

オースチンはスロットルを下げ、〈グリフォン〉をもう一度右舷側に転回した。二発めも横を通り過ぎたが、ミサイルの近接センサーが弾頭を起爆させるほど接近していた。爆発のうねりは〈グリフォン〉の左側の装甲と窓を崩落させ、過熱した弾頭の破片が船体を切り裂き、衝撃波によって前方の水中翼が破壊された。

〈グリフォン〉は船首から没して持ちあがり、再度水中に突っ込んでそのまま高速の移動をつづけた。オースチンもガンも、身体が左右に投げ出されそうになった。

「いまだ」とオースチンはガンに言った。

ガンはスイッチを押した。オースチンはもう一度舵を反対方向に切った。

充分ではなかった。三発めのミサイルは船体中央部に命中して船殻を突き抜け、反対側で爆発した。甲板中央部に火球が上り、船体が吹き飛ばされた。

テッサは〈モナーク〉の自分の場所から爆発を見つめていた。火柱の勢いが落ち着くと、真っぷたつに裂けた〈グリフォン〉が見て取れた。船尾側の残骸は見る見るうちに沈み、船首側は煙を上げながら燃えてゆっくり水中に没していった。

「あのミサイルに大枚をはたいただけのことはあったな」とウッズはテッサに言った。

フォルケはさらに有頂天だった。「おれよりひどい火傷をしろよ、オースチン」

「これで競争にけりがついたわ」とテッサはつぶやいた。「ここから新たな競争がはじまる」そしてフォルケとウッズに向きなおると、「わたしたちの時計はいまも動いてる。人員と装備の準備をして。着水したらすぐ展開できるようにしておいて」

66

ガメーは、ポールが切り開いた開口部から〈ミネルヴ〉の艦内にはいっていった。自分の方位を確認しているとき、〈グリフォン〉の爆発に伴う揺れが届いた。「これってわたしが思っていること？」

ふたつの波動で伝わった轟音は、二度めのほうがずっと大きかった。

〈水上花火大会がはじまったらしい〉とポールが応じた。〈もうお開きかな〉

「カートかルディから連絡は？」

〈ない。まずはやることをやらないと。例の容器を探してくれ〉

ガメーは周囲に目をくばった。発令所がある側から潜水艦にはいり、艦尾に向かって移動していった。

〈ダカール〉とちがって、〈ミネルヴ〉は五〇年も外部との接触がなく密閉されていた。海水ははいってきても、海の生物は寄せつけなかった。発令所で部分的に形を留めている亡骸《なきがら》三体を発見した。隣りの区画には二体。三番めの区画は、防水扉で密閉されているはずなのだが、ハッチのハンドルにはチェーンが巻きつけられていた。

「撃沈されたにせよ、妨害工作に遭ったにせよ、この潜水艦は意図して海底に沈められたのよ」とガメーは言った。「ドアをあけたままチェーンを掛けた人がいる」

〈フランスの乗組員が浅瀬に気づいて、行動に出ようと思い立ったとしても不思議じゃない〉とポールが言った。〈実際よりも岸に近いと思ったのかもしれない〉

ガメーは開放されたハッチのむこう側にもうひとつ死体を発見した。「大勢が脱出したようには見えない」

〈ぼくらも脱出するなら急がないと〉

ガメーは泳いでハッチを通り抜け、周囲をライトで照らしながら容器を探した。イスラエル人からの情報で、長さ三フィート、直径二〇インチ、円柱形のステンレス製容器を探せばいい。両端が括《くく》られ、その内部にひとまわり小さな容器が二個はいっているという。

計画は単純だった。反作用剤を見つけたら〈ミネルヴ〉を離れ、テッサの手の者に見つからないところまで逃げる。澄んだ水でも視界はせいぜい数百ヤード。それを超えれば、乱反射する青い光のなかに姿は消える。

捕捉探知ソナーでもないかぎり、テッサに見つかる可能性はまずない。となると、テッサに残された途《みち》はぐずぐず居残る、捜索を延長する、一目散に陸へ逃げるのいずれかになる。

〈モナーク〉が水上に長く留まれば、それだけ発見され、報復される危険性は高まるだろう。テッサが戦わずして諦《あきら》めるとはとても思えないが、むこうには長居をした場合のリスクというのもある。

いい計画だわ、とひとり悦に入ったガメーだが、問題がないわけではない。

すべての成否は反作用剤のはいった容器を見つけ、テッサ一味に見咎《みとが》められることなく脱出できるかにかかっていた。その後は〈グリフォン〉の高速潜水艇で、終わりなき青い世界へと牽引《けんいん》されていく計画だった。

その潜水艇が攻撃で破壊されたり、修理不能なダメージを負ってしまったら、〈ミネルヴ〉から離れる唯一現実的な方法は〈トレンチ・クローラー〉のスラスターを使うことだけになる。そうなると、逃走には時間がかかる。区画内の捜索を終えると、ガメーはさらに船尾へと移動した。

ポールは潜水艦の開口部付近の外側で、〈トレンチ・クローラー〉の滞留機能を駆使し、その場に留まっていた。

全方位を四分の一ずつ身体の向きを変え、オースチンやガンの気配はないかと周囲を見渡したが、あるのは青い海ばかりだった。

仲間といえば好奇心旺盛《おうせい》なバラクーダだけで、潜水艦の上まで泳いでいって止まると、ポールのことを観察した。ポールと同じく楽々その場に留まっていたが、やがてわずかに向きを変え、驚くほどの速さで泳ぎ去った。

つぎの動向は真上から伝わってきた。ひと筋の泡が水面をよぎり、ポールの視線の先に〈モナーク〉の竜骨が着水して、西にまっすぐ線が刻まれていった。

「〈モナーク〉が舞い降りた」

67

第二次大戦期の駆逐艦並みの長さと幅があることを考えると、〈モナーク〉は驚くほど優雅に着水した。

ゆっくり目標地点に近づいて大きなフラップを広げ、高圧の空洞現象《キャビテーション》が発生する海面すれすれまで降下した。

表面張力を分散するエアクッションによって、機体はなめらかに着水し、竜骨の中央の突起部分が水面を切り裂いた。速度が四〇ノット以下に落ちるとようやくキャビテーションは停止した。それまでに胴体の下半分は水に抱かれ、〈モナーク〉はそっと身を落ち着けた。

速度を落とし、やがて動きを止めたのは〈グリフォン〉が破壊された現場付近だったが、沈没艦とは一マイル近く距離があった。

テッサはコクピットから離れた。「下のデッキにいるわ」と彼女は言った。「エンジンはかけたままにしておいて。すぐ出発できるようにしておきたいから」

パイロットたちは声をそろえて返事をした。テッサは急ぎ足で最下層のデッキまで降りると尾部に向かった。すでに傾斜路は下げられ、フォルケとウッズは協力しあって、回収班を海中に送り出す作業をおこなっていた。

円盤状の潜水艇がまず降ろされ、つづいて速度の遅い大型の潜水艇〈バス〉が降ろされた。

フォルケは円盤形の〈ディスカス〉に乗り、ウッズは〈バス〉の操縦席に着いた。

その後から発進した高速艇二隻には、それぞれ四人のダイバーが乗船していた。一隻めにはウッズが集めてきた民間ダイバー、二隻めにはフォルケが雇った傭兵《ようへい》集団の残党で、〝捕食チーム〟と呼ばれる連中が乗り組んでいる。

テッサはその全員と連絡を取り合うつもりでいた。エンジン音に邪魔されないように、ノイズキャンセリング式のヘッドセットをつけて送信機にジャックを挿しこみ、マイクロフォンを口もとに当てた。「どれくらいかかりそう？」

「すぐだ」とフォルケが言い切った。「水深一二〇フィート。船は無傷らしい。しかも、今回は探し物のあてがあるしな」

「回収してきて」とテッサは言った。「オースチンが救助を要請した可能性があるから、時間はあまりないかもしれない」

フォルケは潜水艇の操縦装置を握った。ふたたび船を操るのがたのしみだった。

「ウッズ、そっちの部下の準備はいいか？」

フォルケはウッズを信用していなかった。死に直面してさえ、あの男は常軌を逸していた。解毒剤を回収すると聞かされ、ウッズは激怒した。世界を石油時代に逆行させるだけだと、解毒剤を処分するよう主張した。解毒剤がなければ自分たちにはなんの価値もなくなるとテッサが再三説得して、ようやくウッズは折れたのだ。しかし、フォルケとテッサの間では、ウッズには目を光らせておき、どうしても必要なときにだけ利用するという取り決めができていた。

「いいぞ」とウッズは答えた。

「おれに付いてこいと連中に伝えろ。おまえを待っている暇はないんでね」

フォルケが推進ジェットを作動させ、〈ディスカス〉は沈没現場をめざした。高速艇が両脇を通り過ぎたが、〈バス〉は後れを取っていた。

潜水座標に到着すると、フォルケはバルブを調整し、バラストタンクに海水を注入した。〈ディスカス〉は海底へ沈下をはじめた。民間ダイバーたちも水にはいり、〈ディスカス〉の傍らを泳いで着実に降下していった。

フォルケは〈ミネルヴ〉を見つけた。舷側から近づいていくと、切断された開口部に気づいた。

「NUMAはすでに現場に降りてる」と報告した。「爆破した時点で、連中の船に反作用剤が積みこまれてないことを願うばかりだ」

〈積みこんでたら、ここでぐずぐずしてない〉とテッサが断言した。〈まだそこにあるのよ〉

フォルケはあたりを見まわした。〈グリフォン〉を攻撃したとき、NUMAの人員が海中にいた可能性はある。相手が単独だろうとグループだろうと、さすがに攻撃はしてこないだろうと踏んだ。NUMAの連中を侮《あなど》るつもりはなかったが、ここは助けを求めて逃げるほうがはるかに賢明な状況なのだ。

「第一班は不測の事態に備え、船体付近で監視できる位置につけ。第二班はなかにはいって捜索だ」

ダイバーたちが持ち場に泳いでいくと、フォルケは潜水艦から離れて広い視野を確保した。二名のダイバーが開口部に近づき、ライトで内部を照らした。

〈発令所のようです〉と報告がはいった。

「容器を見つけた者には一〇万ユーロを進呈する」とフォルケは言った。

ひとりめのダイバーが内部にはいり、ハーネスから小型のエアタンクを取りはずして身体の前に押し出した。〈船尾にまわります〉

ダイバーは容器を見つける気でいた。〈ダカール〉で石油破壊菌を発見したチームの一員だっただけに、容器は見ればわかるはずだった。

イスラエル人は食品用の冷蔵室で容器を保管していた。さしたる根拠はないが、フランス人も同じことをするだろうと考えていた。船尾方向へ泳いでギャレーへ向かい、隔壁扉まで行くと、開いた状態でチェーンが掛けられていた。

ドアをつかんで前後に揺すってみた。この状態で動くか気になったのだ。すると、扉の裏側に挟まった白骨化した乗組員がライトに照らしだされた。

ダイバーはすぐさま身を引き、泡を一気に吐き出した。恐怖のせいではない。意表を突かれ、それがアドレナリンと全身をめぐる高濃度酸素と相まって過剰に出てしまったのだ。

心拍が落ち着くのを待って後ろ向きに漂っていると、何かにぶつかった。振り向くと金属製のモンスターがいた。球根を思わせる異様な形状で、表面が赤銅《しやくどう》色に覆われている。その巨大な頭部の湾曲したガラス面に自分の姿が映し出された。気づいたときにはもはや手遅れで、どっしりとした腕が振りおろされていた。金属の拳に頭蓋《ずがい》を打擲《ちょうちゃく》され、ダイバーは意識を失った。

ふたりめが潜水艦の発令所に進入し、先頭のダイバーが船尾へ向かうのを見て船首に方向を転じた。潜望鏡のハウジングを過ぎ、ハッチの扉を抜けた。ここもほかと同じく、開放されたままチェーンが掛けられていた。

自信たっぷりに足を蹴ってその区画にはいると、ひとりめのダイバーと同じく、手際よく動いてタンクを取りはずした。区画にはいるごとに隅々までライトで照らしていった。

艦首の魚雷室まで行くと奇妙な物音が聞こえてきた。あえて言葉にするなら、鉄板が水を弾くような、泡立ち、燃えるような音だった。そのノイズの源を探してあたりに目をやると、後方から光が射しているのに気づき、ダイバーは発令所のほうに引きかえした。

危険を感知する第六感に突き動かされ、必死にキックを繰り出してハッチに向かった。近づくにつれ、ハッチを照らす炎が見えてきた。切断トーチであることはすぐにわかった。

距離を詰めていくと、ハッチのむこう側にかさばる大気圧潜水服《ADS》を着用した潜水夫の姿が見え、目下の状況が理解できた。重装備に身を固めたダイバーは、ハッチを開放したチェーンを切ろうとしている。

鎖の輪が断たれてチェーンが甲板に落ちると、ハッチのドアはゆっくり閉じていった。

フォルケの手下のダイバーはエアタンクを前に押し出し、隙間に挟んでとりあえずハッチが閉じないようにした。扉が跳ねかえった隙にハッチを抜けようとした。

そううまくはいかなかった。

ＡＤＳを着用した潜水夫に行く手をさえぎられ、金属製アームで顔をつかまれた。思わず身体を引くとヘルメットがもぎ取られた。

周囲に気泡が広がり、一瞬にして視界がかすんだ。ダイビング用ライトがはずれ、あたりをうごめくぼやけた輪郭と影しか見えない。

予備のレギュレーターに手を伸ばして口もとにあてると、必死で息を吸った。それ以外になすすべもなく、金属音が響いてもはや命運は尽きたと悟った。ハッチの扉が閉じた。ハンドルが回ってロックされた。

ハンドルをつかんで回そうとした。望みがあるとすれば、ダイバー仲間がまだ潜水艦の外にいることだけだった。しかし、ヘルメットがなければ助けを呼ぶことはできない。

ポールは密閉したハッチの脇にいた。敵をひとり、一撃で気絶させ、ふたりめは船内前方に——通信システムを備えたヘルメットを奪って閉じこめた。船逆の方向にもどっていくと、船尾区域から出てきたガメーを認めた。封印された金属製の円筒を引きずっている。部分的に塩と錆に覆われているが、探していた容器に間違いない。「見つけたんだな」

「ええ」とガメーは言った。「さあ、ここを出ないと」

「面倒なことになりそうだ」ポールはそう言って殴り倒した男を指さした。「こいつは食堂できみと同席しようとしてた」

「どうしてあなたに気づかなかったの？」

「天井に隠れてた。ふたりはぼくの真下を泳いでいった」

「もうひとりは？」

「船首に行った。閉じこめたよ。でも、そのふたりだけじゃないはずだ」

ガメーは身をよじってひと筋の泡を吐いた。「動きが取れないわけね」

ポールはヘルメットをかぶった頭を縦に振った。「封鎖を破る救護がないと、この潜水艦がぼくらのアラモ砦《とりで》になる」

〈ミネルヴ〉の外で待機しながら、フォルケは制御パネルに指を打ちつけていた。遅れに痺《しび》れを切らした。「ダイバー、報告を上げろ。どうなってる？」

難破船への潜水は危険を伴う仕事だが、〈ミネルヴ〉は保存状態も良好で、沈没船にありがちな危険が伴うとも思えなかった。

なしのつぶてにフォルケの焦燥は募った。水中での無線通信は信頼性が低い。潜水艦の船体が信号を妨害している可能性もある。

「第二班は現場にはいり、状況を確認しろ」とフォルケは告げた。「おたがい離れるな」

第二のペアが潜水艦に近づき、開口部からより慎重に艦内にはいっていった。

その直後、よからぬ事態が起きたとフォルケは察した。船体の隙間から泡が大量に流れ出し、ダイバーのハンドライトの光がめまぐるしく動いた。

〈やつらがここにいる！〉と叫ぶ声が無線から流れた。

〈逃げろ！〉もうひとりがわめいた。〈逃げろ！〉

ひとりが開口部から必死で飛び出した。ふたりめは外に逃れる途中で金属製の大型アームに捕まり、挟まれたふくらはぎから血を流した。

ダイバーはもがいた。足首が折れ、フィンが引きちぎられて絶叫しながらも、身を振りほどいて水面へ上昇をはじめた。

〈ＮＵＭＡのメンバー二名が現場にいる〉と最初のダイバーが報告した。〈ひとりは標準の装備、ひとりはハードスーツを装着〉

その直後、ハードスーツに身を固めた相手が開口部から姿を現わした。スーツの肩回りは巨大だったが、開口部をどうにかすり抜けてきた。

フォルケは本能的に攻撃に移り、スロットルをフルに押しこんだ。

飛び出した〈ディスカス〉は、前面に装備した鋏《はさみ》を大きく開いてヘルメットをかぶったダイバーの頭部を狙ったが、ハードスーツを装着した相手は〈ミネルヴ〉の内部に引っこんで身を隠した。

フォルケは動きをゆるめ、潜水艦の上方を横切ると周囲を旋回した。今度は開口部に近い位置を取り、現われる相手を叩きのめすつもりだった。

海上で、テッサは無線のやりとりに耳を凝らしていた。双眼鏡で様子を見ていると、ダイバーがひとり、水面に顔を出した。血を流しながらダイビングボートへ泳いでいった。

つぎに無線からフォルケの声が聞こえた。〈やつらはここにいる。最低二名。《ミネルヴ》の内部に閉じこめたが、こちらも艦内にはいれない〉

テッサは送信機のボタンを押した。「彼らを逃がさないで」

〈やつらもその気はないらしい〉とフォルケが応じた。〈明らかに時間稼ぎだ。ここでぐずぐずしてれば、むこうの応援が駆けつけてくる可能性が高まる〉

「もちろん応援は来るわ」とテッサは言った。「でも、彼らの応援じゃない」

そしてダイバーの第二班と連絡を取った。戦闘と殺人は朝飯前の捕食チームである。

「あなたたちの出番よ。行きなさい」

男たちがつぎつぎ水にはいった。四人の男たちは爆発性の弾頭を備えた水中銃を携行していた。

68

〈ミネルヴ〉から二マイル離れた地点で、また別の潜水艇がゆっくり潜航していた。艇体は焼け焦げ、しかも無音である。

「外に出て押したら役に立つか?」とガンが訊いた。

「かもしれない」とオースチンは言った。

オースチンとガンは船尾のクレーンに吊られていた潜水艇から、遠隔操作で〈グリフォン〉を操縦していたのだ。最後のミサイルが衝突する寸前、ガンはクレーンから切り離すボタンを押した。爆発直前に落下した潜水艇だが、外側を炎に焼かれた。衝撃波にさらされて致命的な損傷はなかったものの、激しい振動によってコンピュータシステムはシャットダウンした。

再起動の操作を三度くりかえしてようやく電源が復旧し、システムが起動して動きはじめた。制御パネルのライトが点き、水中の通信システムが息を吹きかえした。

〈……完全に包囲されてる。そのあたりにいるなら、そろそろ登場して手を貸してくれてもいいころだ〉

「きみの計画は完璧に運んでるようだ」副操縦士席からガンが言った。「われわれが焼却処分にされかけ、攻撃を受けたトラウト夫妻が、古い潜水艦の軋んだ船体を隔てて死と向き合ってる状況も計算の範囲なら」

「われわれを殺したとテッサに思わせ、ポールとガメーのために時間をつくる計画だった」とオースチンは言った。「ここまで真に迫る偽装をするつもりじゃなかったんだが」

「テッサはわれわれを頭数から除外したはずだ。その部分では成功してる」

「たしかに」オースチンはスロットルを前に倒した。方位を確認して艇首を〈ミネルヴ〉に向けた。「ぼちぼち死人からよみがえってテッサを驚かせよう」

フォルケは新たな班員が降下してくるのを見つめた。彼らが所持する水中銃に潜水艦を破壊する威力はないが、NUMAの生き残った工作員に安楽をもたらすだけの力はある。

「捕食チーム」と呼びかけた。「〈ミネルヴ〉の七〇フィート上方で降下を停止。開口部から船内に銃撃する態勢を取れ」

ダイバーたちは命令に従い、古い潜水艦の船体まで距離を取って水中に整列した。彼らが位置に着くと、フォルケは水中通信システムの周波数を調整した。水中無線の周波数帯はさまざまある。NUMAのダイバーはそのいずれかを使っているはずだ。

「〈ミネルヴ〉に潜伏中のNUMAの人員に告ぐ」とフォルケは呼びかけた。「私の名はフォルケ。おまえたちの降伏の条件について話し合いたい」

この挨拶を一〇種類の周波数でくりかえしていると、やがて応答があった。

〈アメリカ海軍が到着したら、降伏のチャンスを懇願してくるのはそっちよ〉と女の声がした。

「そのころには、こっちはとっくにおさらばしてる」とフォルケは言い切った。「おまえらの海軍は、惨めに取り残された生存者二名を救出するか、ずたぼろにされたおまえらの死体を回収するか。どっちを選ぶかはおまえたちの判断さ」

〈そんな提案をしてくるあなたたちに、ひと言言ってやりたいところだけど、レディらしく振舞いなさいと親に躾《しつ》けられてきたから〉

フォルケは思わず笑いだしそうになった。「ひとつ実演してみせようか」と言って周波数を変えた。「捕食チームのリーダー、一発撃て。開口部の脇を狙え」

〈ミネルヴ〉の上にいたダイバーが水中銃を肩に担ぎ、身体を傾けるようにして狙い
を定めると引き金をひいた。すると厚いゴム紐が解き放たれ、先端に爆薬を仕掛けた
鉄釘が下方に飛んでいった。発射の勢いで六〇フィート、尾部の小型ボンベから噴出
されたガスでさらに距離を延ばした。
丸みを帯びた銛《もり》の先端が〈ミネルヴ〉に命中すると、それがオレンジ色の閃光を放
って爆発し、潜水艦全体と周囲の水中に反響が広がっていった。
あらかじめ訊かれていれば、七〇フィートの間隔では不充分と答えたはずのダイバ
ーたちを、強烈な一撃に似た衝撃波が襲った。〈ミネルヴ〉内部には、爆風をかわす
船殻に守られていてもさらに激しいインパクトが伝わった。
フォルケは水の濁りが治まるのを待ち、ふたたびNUMAの周波数に合わせた。
「いまのはデモンストレーションだ。まだ話が聞こえてるなら、こちらの提案を改め
る。そこから泳いで立ち去れ。さもないと、つぎの擲弾《てきだん》は開口部を通る。しかもそれ
で終わりじゃない」
〈どうぞご自由に〉と女が言った。
「本気だと見せてやれ」とフォルケは命じた。
捕食チームの別の三人が位置に着いた。わずかに高く離れた場所から、全員が水中

銃を構えて狙いをつけた。

〈気をつけろ〉とひとりが叫んだ。

どこからともなく、高速の発射体が数発飛んできた。アメリカンフットボールに大きさも形状も似たそれがふたりに命中した。ひとりは身をこわばらせながらも水中銃を放った。もうひとりは頭部に被弾し、ヘルメットのガラス面にひびがはいった。

ヘルメットを壊された男は上昇をはじめた。ほかは周囲の危険を確認しようと身体の向きを変えたが、そこに再度攻撃を仕掛けようと物体がもどってきた。

「ただの海洋ドローンだ」とフォルケは言った。「放っておけ」

フォルケがそう言い終わらないうちに、〈ディスカス〉がいきなり前方に押し出された。唐突に、しかも制止できないほどの勢いがあった。海洋ドローンじゃない、とフォルケは瞬時に悟った。

頭をめぐらせると、追突してきたのはNUMAの別の潜水艇で、その前方にある鉤《かぎ》爪《づめ》で〈ディスカス〉の船尾が捕まれていた。〈ディスカス〉を押しやり、〈ミネルヴ〉の下方に引き離そうとしている。

フォルケの反応は速かった。スロットルを押しこんで操縦桿《かん》を握った。〈ディスカス〉のほうが大型で力もある。拘束を振りほどけば、襲ってきた愚か者に目に物見せてやることができる。スロットルを全開にするとエンジンの回転数が一気に上がり、船首の取水口《インテーク》が海水を吸いこみはじめた。

フォルケは操縦桿を横に倒したが、襲ってきた潜水艇は〈ディスカス〉を放そうとせず、さらに下方へと押しつづけた。ここに来て、フォルケは危機を肌で感じた。

今度は操縦桿を逆方向に倒し、ひねりを加えて逃れようとしたが遅かった。NUMAの潜水艇は砂地の海底に〈ディスカス〉をめりこませ、さらに押しつづけた。推進装置の吸水インテークがシルトを大量に呑みこみ、タービンは悲鳴をあげて停止した。

艇首が埋もれ、エンジンは沈殿物で故障した。「ウッズ」とフォルケは無線で呼びかけた。「どこにいる？　攻撃を受けた。救助を求む……ウッズ！」

NUMAの潜水艇はとどめに〈ディスカス〉をさらに深く海底に埋没させると、ようやく鉤爪を放して走り去った。

〈ロードサービスを呼ぶにはちょっと遅いな〉と無線から声が聞こえた。

フォルケは耳を疑ったが、離れていくNUMAの潜水艇を見て確信した。カート・オースチンは無事生きているばかりか、こっちをまんまと出し抜いた潜水艇を操っていた。

〈ディスカス〉が海底で座礁《ざしよう》した場所から数百ヤード離れた地点では、別の戦いがくりひろげられていた。力ずくの闘争というよりバレエに近かった。

水中銃を所持したダイバーたちが、身体を回しながら猛然と足を蹴り出している。ハードスーツを着たポールが内側から操作する複数のドローンが、ハチドリのごとく唸りをあげて周囲を飛びまわっていた。やたらに動きが速くサイズも小さいのでつかむことができず、距離も近すぎて銃で撃つこともかなわない。

ひとりは目を回していた。別のひとりは腹部を直撃されて息を呑み、身体をふたつ折りにした。

〈向かってきたら叩き落とせ〉リーダーがそう言って、水中銃の台尻で実践してみせた。

その方法が功を奏して跳ねかえすことができても、丈夫な機械はすぐにもどってくる。業を煮やしたリーダーはドローンとの戦いをあきらめ、ふたたび〈ミネルヴ〉に近づいていった。障害物が消えたとたん、銃を水平に構えて撃った。

先端に爆薬を仕込んだ銛は下方へ飛び、わずかに的をはずして数フィート後ろの展望塔に当たった。シルトの雲で水が白濁した。的ははずれたが効果はあった。ドローンは執拗な攻撃をやめて散り散りになった。

「潜水艦に撃ちこめ」とリーダーは言った。「容赦するな」

彼が二本めの銛を装塡《そうてん》しているあいだに、部下たちが攻撃を開始した。一発が〈ミネルヴ〉の船尾付近に当たり、二発めは開口部からわずか数インチの位置で炸裂《さくれつ》した。大きな衝撃にダイバーたちはたじろいだが、〈ミネルヴ〉内部に潜む人間たちの気もくじいたにちがいない。

その証拠に、開口部から泡が噴出したかと思うと、黄色いリフトバッグが隙間から押し出されて膨張し、水面に向かって浮上しはじめた。バッグの下には長さは三フィートほどの、両端を密閉した金属製の円筒が下がっていた。

〈例の容器だ〉とリーダーは叫んだ。〈回収しろ〉

猛然と泳ぎだしたリーダーは仲間たちの先頭を切り、ゆっくり上昇していくバッグを追いかけた。

容器に手が届くより早く、青黒い海中から〈ディスカス〉を海底に埋めたＮＵＭＡの潜水艇が姿を現わした。高速でリフトバッグに近づくと容器を結んだ紐をつかみ、そのまま前進をつづけた。バッグは潜水艇の上面に載ったが、容器のほうは前進する勢いに下へと引っぱられた。

ダイバーのリーダーはすかさず水中銃を発砲した。爆薬を仕込んだ銛がＮＵＭＡの潜水艇に命中し、爆発の衝撃で彼は後方に吹き飛ばされていた。

69

ジョー・ザバーラはカザフスタンを飛び立ち、いずことも知れない現在地に到着するまでの数時間、〈モナーク〉の貨物倉を這いまわっていた。保守整備用の導管を探索してみると、機体の端から端まで通っていることがわかった。

　上層大気圏の低温層に突入したころには、身を隠せる温かい場所を探しあてていた。水上への降下がはじまると任務を再開し、利用できそうな弱点を探った。

　実際、機体に損傷をあたえる方法はいくつかある。油圧ライン、電気系統、燃料系統を狙えばいい。問題はいわゆる冗長性だ。〈モナーク〉はそれを備えている。つまり、すべてのシステムにバックアップがある。バックアップのバックアップまで用意されている。

　どこかを破壊しても、些細な不具合が起きるだけなのだ。しかし、テッサの機にはほかの航空機にはないシステムがある。飛行に際しては重要ではないが、離陸には

――より正確にいえば、水上から飛び立つには欠かすことのできないものである。

整備用の導管に沿って進んでいくと、エンジンからキャビテーションシステムに空気を供給する高圧管を見つけた。水から分離するための空気のクッションがなければ、大型機は海面抗力、吸引力、表面張力を克服できない。

主要高圧管をスプリッターまでたどりながら、ザバーラは破壊工作に取りかかった。器具の接続を切り、供給バルブから幹線を引き抜き、そこを通る空気が洩れるように圧力放出バルブを壊した。

作業を終えるころには、機体のなかほどまで這って往復していた。汚れて埃にまみれ、何カ所もの切り傷をつくっていたが、満面の笑みを浮かべていた。これぞまさしくグレムリン、飛行機を故障させる妖精のしわざだ。

あとは飛行機がふたたび飛び立つまえに脱出方法を見つけるだけだった。


テッサは〈モナーク〉の尾部で、成功の兆しに目を向けていた。ひとり、またひとりと部下が水面に浮上してきたが、血を流すか意識を失っているか、明らかに傷を負っている。期待していた展開ではなかった。

無線機を口もとにやり、「フォルケ」と呼びかけた。「そっちはどうなってる?」

応答はほとんど聞き取れなかったが、それもそのはずだった。〈オースチンにやられた〉とフォルケは言った。〈やつは生きてる〉

「あいつの船は吹き飛ばしたのよ。別人よ」

〈やつだ。攻撃したときには水中にいたんだろう。いまは潜水艇を操縦してる。反作用剤を奪われた〉

テッサはオースチンを見くびった自分にまたも腹を立てた。どうしたらあの男を厄介払いできるの？

もう一度送信機のスイッチを押した。「ウッズ、どこにいる？　フォルケが助けを求めてる。反作用剤はＮＵＭＡの手に渡ったのよ」

〈フォルケはどうでもいい〉とウッズは応えた。〈容器を奪いかえす。待ってろ〉

テッサ、フォルケ、ウッズの間で交信がおこなわれているころ、オースチンは自分の現在地を把握しようと懸命になっていた。

憂慮すべき事態だった。転倒した潜水艇は水が浸入して沈みかけている。隣りにはルディ・ガンがいた。

「そのうち目が覚めたら、美しいブロンドかブルネットか赤毛がいるんだな」とオースチンは思いに耽《ふけ》るように言った。

「私は数にはいってないのか?」

「まったくね」

損害の具合から、潜水艇に再起動の見込みがないことはわかっていた。「そろそろ乗り物から降りよう」

ふたりは準備をととのえ、すでにパワーアシストが装備されたウェットスーツを着ていた。ダイビング用のヘルメットをかぶり、小型の酸素ボンベを装着した。ガンが親指を立てて合図をよこすと、オースチンはリリースハンドルを引いた。バルブ一式が開いてコクピット内に水が急速にあふれ、キャノピーが分離していった。

水圧が均等化したところで、オースチンはガラス面を強く押した。キャノピーは傾くようにして流されていった。

ガンが先に出た。身体を上方へ押し出し、潜水艇を離れて泳ぎはじめた。後につづいたオースチンは、黄色いバッグと容器をつなぐ紐にはふれないように気をつけた。そしてダイビング用ナイフで紐を切った。

〈気をつけろ!〉とガンが叫んだ。

オースチンは顔を上げた。最初は潮流にたゆたう黄色いビニール袋しか見えなかった。だが袋が脇に流されると、鈍器のような灰色の物体が視界にはいった。この角度から見ると、マッコウクジラの四角い頭部に似ていたが、金属性の物体だった。オースチンが潜って避けると、その大きな乗り物は頭上をかすめた。ロボットアームで容器をつかみ、速度を落とさずそのまま走り去った。

70

計画どおり、オースチンは泳いで潜水艇を追いかけた。だがウェットスーツにパワーアシスト機能があっても、この競走に勝ち目はない。最速のスイマーをもってしても、不格好な潜水艇はさらにその上を行く速さだった。一直線に〈モナーク〉めざしていった。

追跡をあきらめたオースチンは反対方向に泳ぎ、〈ミネルヴ〉の上方で波に揺れるパワーボートに向かった。

ボートは無人で、乗りこんでエンジンをかけたものの、すでに潜水艇は〈モナーク〉に到着していた。集まったクルーが容器を回収して、潜水艇のほうは無用とばかりに捨て置かれた。

機上に引き揚げようともしない。負傷したダイバーに救いの手を差し伸べるでもなく、フォルケを海底に放置したまま、彼らはここから逃げようとしていた。

　オースチンはエンジンをふかして舵輪を回した。〈モナーク〉の動きを阻止し、容器を取りもどす最後のチャンスは急速に消えかけていた。

　テッサはウッズが運びこもうとしている容器を見つめた。

「それなの？」

「〈ダカール〉で見つけたのに似てる」とウッズは言った。

　テッサは掛け金に堆積した塩分と錆をバールで叩き落とした。「あけて」と命じた。

　ウッズは腰を落とし、容器の蓋をこじあけた。密封されたひとまわり小さな容器が二個はいっていた。腐食は免れていた。「ちゃんと密閉されてる。培養物は無傷のはずだ」

「よくやったわ」テッサはすぐにパイロットと連絡をとった。「出力を上げて。離水体勢にはいって」

　ウッズは後ろを振りかえった。「あとの連中はどうする？」

「待っている暇はないわ」とテッサは言った。「オースチンは助けを呼んだかもしれない。鉢合わせは避けないと」

　ウッズはふと躊躇したすえにうなずいた。「さらばだ、フォルケ。置き去りにされるのはおまえらしいぞ」

テッサはフォルケを救うことを考えた。が、それでは時間が掛かりすぎる。「容器を固定して。わたしはコクピットに行くから」

視線を落とすことなく急ぎ足で梯子を昇ったテッサだが、一瞬でも目を転じていれば、下層デッキの下にある保守点検用通路に通じるハッチから現われた人影に気づいたかもしれない。まえに捕まえた人質のひとりだと見抜いていただろう。

ジョー・ザバーラは、テッサが自分のほうに走ってくる足音を聞きつけたとき、すでにハッチをあけていた。ハッチを引きおろし、テッサが通り過ぎて梯子を昇るのを待った。飛行機が動きだし、速度を増していくのが体感でわかった。ふたたび空を飛ぼうとしているのに付きあう気はさらさらなかった。

最下層のデッキに目を走らせると、驚いたことにがらんとしていた。車もボートも潜水艇も出払い、広々とした空間にひげ面の男がひとりいるだけだ。そのウッズという男は金属製の円筒を固定する作業をしていた。

ザバーラはデッキに上がって尾部へ移動していき、ウッズに襲いかかった。

ウッズが円筒から顔を上げたのは、ザバーラが脚を振りあげた瞬間だった。ウッズの顔面に足がめりこみ、ウッズは床に這った。大男が起きあがる暇もなく、ザバーラは身をかがめて渾身《こんしん》の一発を見舞った。「これはプリヤの分だ」

ウッズは失神し、デッキに伸びた。このあとは飛行機を降りなくてはならない。ザバーラは容器を転がしながら後方へと急いだ。

容器は上げられていた尾部の傾斜路にぶつかり、そこで止まった。ザバーラは通常の手順にこだわらず、緊急離脱装置のレバーを引きさげた。傾斜路が落下した。

今度はまえに予想したとおり、水しぶきが上がった。傾斜路がロックされるとたちまち航跡が出来、水を引きもどすようにしてふたつの渦を巻いた。

オースチンはスピードボートを全速で走らせたが、〈モナーク〉のエンジンは全開で近づくこともできなかった。頭を下げてジェット噴流をかわしながら、〈モナーク〉の航跡にボートをつけた。

〈モナーク〉の航跡はなめらかで、しかも前進に伴う吸引力のおかげもあって、ボートは風圧を避けて加速しつつ、大型機の尾部に接近していった。

飛行機を止める手立てが必要だった。あたりを見ると、擲弾を装塡した水中銃があった。オースチンはそれをつかんで肩に担いだ。

銃を撃とうとしたそのとき、機体後部の傾斜路が下り、長く行方が知れなかった友がひょっこり現われた。

オースチンは水中銃を投げ捨てると、ボートの速度をぎりぎりまで搾り出して傾斜路に乗りあげた。

ザバーラが叫んできた。「必要なときにかぎってタクシーはいないって話だけど」

「乗れ」とオースチンは怒鳴りかえした。「このタクシー代はおれが持つ」

ザバーラは括られた容器をボートに放りこんだ。「なんとなく、みんながこいつを探してる気がしてね」

「たったの五〇年まえからな」

ザバーラが船首を押すようにして乗りこんだとたん、ボートは動きだした。海上に浮かぶと、オースチンはすかさず飛行機から離れた。

「飛行機を逃がすのは残念だが、おれたちは必要なものを手に入れた」

「彼女はそう遠くまで行かないと思うよ」とザバーラは言った。

テッサはコクピットで着席したまま、パイロットたちを怒鳴りつけていた。後部傾斜路の位置の異常を知らせる警告灯が点いたあと、パイロットは機体の速度を落としていた。

「緊急離脱装置を解除して」とテッサは言った。「後部ドアを上げてここから出なさい」

副操縦士が命令どおりに実行し、機長はスラストレバーをフルにもどした。機体は加速していったが、ある程度以上には上がらない。「五〇ノット」と機長は言った。

「キャビテーションを起動」

スイッチは正しく操作されたものの、エンジンから排出される高圧の空気は機体の下部まで達しなかった。

「高圧エアシステムに複数の障害が発生してます」と副操縦士が言った。「低圧系統も故障中です」

いま起きている事態にテッサが信じがたい思いでいると、無線機からメッセージが流れてきた。バミューダでの出来事とは立場が逆転して、オースチンが奪い取った送信機でテッサに話しかけてきた。

〈もう終わりだ、テッサ〉とオースチンは言った。〈われわれは軍用機を向かわせた。きみたちは離水できない〉

その最後の言葉を機長が裏づけた。「キャビテーションシステムがなければ離水はできません。流体抵抗が高すぎる」

〈休戦にしたほうがいい〉

その提案に激昂《げっこう》したテッサは「出力全開よ」と命じた。「うねりに突っ込んで。縦揺れに乗れば飛び立てるから」

「しかし、テッサ――」

「言われたとおりにして！」

機長と副操縦士はテッサの命令に従った。〈モナーク〉はわずかに向きを変え、ふたたび加速を開始した。

速度を増すにつれ、機体が上下動した。波間を跳ねるように進んで空気をつかもうとした。さらに波頭が立ち、海面に落ちる際の衝撃は激しくなる一方だった。

「振動が大きすぎる」と機長が言った。「機体が歪《ゆが》んでしまう」

「この飛行機はわたしが造ったの」とテッサがわめいた。「性能のことならわかってる」

機長は首を振ってスロットルをもどそうとしたが、テッサは手を伸ばしてレバーに体重を掛け、出力全開の状態を維持した。

機体はふたたび上下に動いた。七〇ノット……八〇ノット……。機体が弾むたびに速度が増し、すこしだけ長く宙に浮いた。

もう一度弾みをつけて、とテッサは自分の胸につぶやいた。もう一度跳びあがって……

つぎの瞬間、突然激しい振動に見舞われた。機首が波頭に突っ込み、主翼のパイロンが曲がった。

パイロンはねじれ、もがれた。機体は右に傾き、翼の先端が海面にぶつかり、機体全体が引きちぎれんばかりによじれた。〈モナーク〉は一〇〇ノットで移動しながら横倒しとなり、破裂したタンクから燃料が噴き出した。エンジンの熱で気化した燃料に引火し、爆発の連鎖によって機体は吹き飛んだ。

オースチンとザバーラはかなり後方から、離水に失敗した機体の様子を見ていた。墜落現場に残るのは残骸だけだった。数百フィートにわたって機体の破片が浮かび、ケロシンが燃える火の海がつづいていた。

燃え盛る炎の周囲を何周かしたが生存者は見当たらず、ふたりは仲間の救助に〈ミネルヴ〉の沈む海域へともどった。

最初にガンが船に乗りこみ、つぎにガメー、そしてADSを脱いだポールが最後に乗船した。

負傷したダイバーたちは離れた場所にまとめられ、潜水艦に閉じこめられていたダイバー二名は解放されて浮上こそ許されたが、シチリアから海兵隊のヘリコプター三機が到着するまで海上に待機させられた。

二十余名の海兵隊員がインフレータブル・ボート数隻に分乗して展開し、ヘリコプターが上空を旋回する段になって、ようやく状況が一段落した。オースチンと海兵隊のダイバー二名で、半ば埋もれた潜水艇からフォルケを救出し、海上まで引き揚げた。フォルケは残る生存者とともに拘束され、シチリアの米軍基地に連行された。

ＮＵＭＡの面々はマルタに飛び、そこで待機していたガルフストリームの航空機にガンとトラウト夫妻が乗り、反作用剤の細菌培養物をアメリカ本国に持ち帰った。

オースチンとザバーラには、休息を取るまえにもうひとつ仕事が残っていた。ふたりは別便で東へ飛び、カザフスタンの遺棄された空軍基地に降りてプリヤを捜索した。ザバーラは〈モナーク〉が駐機していた区域を探しあて、そこからプリヤと隠れていたヘリコプターへ向かい、内部に足を踏み入れた。

メルセデスは依然、機内後部に駐まっていたが、プリヤの姿はなかった。コクピットまで歩いていくと、プリヤは操縦席で眠っていた。

頬をふれるとプリヤは目を覚ました。頭が混乱したまま、プリヤは夢みるような顔でザバーラを見つめた。「ジョー？」

声はしわがれ、唇がひび割れ、顔は汚れていたが、少なくともプリヤは生きていた。

「あなたは本物なの？」

「本物だ」とザバーラは言った。身をかがめてプリヤを抱きあげると、ヘリコプターの後部から外に運び出した。「きみを迎えにきたのさ」

71

三週間後
ワシントンDC

カート・オースチンはガン、ザバーラ、そしてサン・ジュリアン・パールマターとの夕食の約束で、ジョージタウンの〈フォーシーズンズ〉を訪れた。すでに三人は仄暗いカクテルラウンジにたたずみ、バーの奥の二台のテレビに見入っていた。

「何か見逃したかな?」オースチンは背後から近づいて声をかけた。

ガンが説明を買って出た。「大統領が反作用剤について声明を発表したところだ。試験が無事終わり、要望があれば各国ならびに各企業が入手できるようになる。石油産出量が元にもどるまでしばらく時間はかかるが、危機は終熄《しゅうそく》した。原油価格は明朝には三、四〇パーセント下落する見込みで、ガソリンの小売価格も数日で急落する」

「誰か教えてくれてもよさそうなもんだ」とオースチンは言った。「来る途中に満タンにしてきたんだ。二〇〇ドルかかったよ。てことは、今夜のディナーはここにいる誰かの奢《おご》りだな」

ザバーラが首を振った。「悪いな、アミーゴ。今夜のおれはもっと可愛くて楽しい相手に金を使う予定なんだ」

ザバーラが話すそばから、プリヤが姿を現わした——自分の足で立っていた。華やかな黒のカクテルドレスに燦《きら》めくネックレスをつけ、ストラップで腕に固定した松葉《まつば》杖《づえ》の助けも借りて身体を支えている。足もとは厚く頑丈そうなブーツだった。

「びっくりした？」とプリヤは訊いた。

「仰天した」とオースチンは答えた。

「この三週間、ジョーとダイブスーツの改良に取り組んでいたの。炭素繊維の装具を使って、わたしも歩けるように……すこし助けを借りて。いまはまだ杖は必需品だし、このブーツも太腿のなかばまであって、おしゃれだけで履いているわけじゃないけど、でもこれからよ。ジョーとの研究をもとにして助成金を申請する。多くの人がまた歩けるようになるかもしれない。ただひとつ残念なのは、申請が通ったらマサチューセッツ工科大学《IT》にもどってNUMAを辞めなきゃならないこと」

「申請は通るさ」とオースチンは言った。「寂しくなるな。でも、ボストンはそんなに遠くない」

「というわけで」とザバーラは言った。「おれたちはふたりでお祝いをする。まずは街を歩いて」

オースチンはプリヤの頰にキスをすると、ザバーラのネクタイをまっすぐに直した。「心配するな。おまえが道をそれたことはミスティに黙っておくから」

ザバーラは凄《すご》むような顔をしたが、無言のままプリヤのハンドバッグを代わりに持った。ふたりは連れ立ってドアを出ていった。

オースチンはガンとパールマターに向きなおった。「今夜は独身男の集いってことか」

「すまないが」とパールマターが言った。「これから飛行機に乗るんだ。パリにもどって、きみにも話した例の友人と会うことになってる。むこうは自分の噂話のおかげでいかに危機を回避したかと、栄誉の余韻に浸りたがっているのさ。〈ドゥルシネア〉への招待の約束を守るかぎりは、喜んで彼の好きにさせるつもりだ」

「〈ドゥルシネア〉？」

「パリきっての最高級レストランだよ。王侯貴族でなければ席にも着けないような店だ。メニューについて詳しく聞かせてやりたいところだが」パールマターは腕時計を叩いた。「もう行かないと。帰ったらコニャックのボトルをあけようじゃないか」

サン・ジュリアン・パールマターが出ていき、オースチンはガンを見た。「ルディ、あんたも《エトゥ》か?」

「すまないな、カート。演説が終わりしだい、大統領と会わなくてはならない。NUMAの追加任務と予算の大幅な増加について、大統領は話し合いを求めてる。こういう場合、鉄は熱いうちに打つのが得策だ。きみとジョーがまた何かを吹っ飛ばすまえに。〈グリフォン〉がいくらするか知ってるか?」

「耳に入れといたほうがいいかな?」

「べつに」ルディ・ガンは微笑した。

「こんなのは初めてだ」とオースチンは言った。「サン・ジュリアンまでデートの約束があるのに」

ガンは声を出して笑った。「ヒーローはときに割に合わない商売だな」そう言ってオースチンの肩を叩いた。「雨天順延だ。来週は?」

「いつでも」

ガンが去り、大統領が演説を終え、気がつけばオースチンはひとりぼっちといったありさまだった。しばらくつづいたガソリン不足と大統領の演説のせいで、出歩く人も少なかったのだ。

席に着くと、オースチンは近づいてきたバーテンダーに頬笑みかけた。その女性バーテンダーは美形で瞳は明るいブルー、ブロンドの長い髪を営業用にひっつめている。

「お友だちはみなさん、お帰りになったんですね」バーテンダーはカウンターを拭き、オースチンの前にコースターを置いた。

「ほかにもっとましな用事があるんだ」

バーテンダーはふとオースチンの顔に見入った。「どこかでお見かけしたような。お会いしたことがあるかしら」

残念ながら、大統領はオースチンとガンの写真を公表した際、捏造《ねつぞう》された危機を終わらせた〝無名の英雄〟と紹介したのだった。写真のオースチンは悪路を五日間走りつづけたような顔をしていたが、精悍《せいかん》な顔立ちは隠しようがない。

「ぼくが石油危機を阻止した男と名乗ったら信じるかい?」

彼女の口の隅が持ちあがり、温かな笑みが浮かんだ。「まさか。でも、あと二〇分でシフトが終わるので。それまでいらしてくれたら、ほんとのお仕事を聞き出すのも悪くないかしら」

オースチンは笑った。「だったら、ドンフリオのシルヴァーをロックで、リムに塩をつけてもらおう。これから二〇分で、きみに話す面白い話題を考えておく」

女性バーテンダーはいたずらっぽい笑顔で酒を運んでくると、バーのいちばん奥まで行った。そしてメイクを直して髪を振りほどいた。

オースチンはテキーラを口にふくんだ。たまにはヒーローになるのも悪くない。

訳者あとがき

前作『地球沈没を阻止せよ』で、とうとう日本を舞台に選んで派手なアクションを見せてくれたNUMAの特別任務部門の面々。カート・オースチンとジョー・ザバーラのコンビが、日本列島を東から西へと移動しながら敵と対峙《たいじ》していくそのさまは、どこかタランティーノの映画でも観るような色調をたたえて、本邦読者の目にはまばゆく映ったのではないだろうか。

そのうえ、著者クライブ・カッスラー自身による解説まで付されるという、なんとも稀な特別篇《へん》を思わせる一冊だった。

翻って、今回紹介する〈NUMAファイル〉第十六作『強欲の海に潜行せよ』は通常運転にもどった趣きだが、いつもながらの気宇壮大な物語がスピーディに展開される作品である。

いまこの現実世界でも、ガソリン価格の上昇が大きな問題となっているが、本書においても地球規模で石油の値段が急騰して社会を不安に陥れる。きっかけはメキシコ湾の掘削基地で起きた大火災だった。

すぐに人命救助に赴いたオースチンたちだが、救助した関係者の証言によって、火災の原因に不自然な発火にあったことを知る。油井からは石油ではなく可燃性ガスが噴出していたのだ。

このガスを分析した結果、石油を消費して大量のガスを発生させるという未知の〝石油破壊菌〟の存在が突きとめられる。そして、この細菌が人為的に造られたものであることが判明するにおよんで、その背後に巨悪の姿が浮かびあがってくる。

ここからは例のごとくオースチンとザバーラ、ポールとガメーのトラウト夫妻が地球狭しと飛びまわることになるのだが、今回は準レギュラーであるＮＵＭＡ副長官のルディ・ガンと、登場が三度目になる新人プリヤ・カシミールの活躍がめざましい。

とくにプリヤの行動については、それこそ胸が痛くなるような場面も多々あり、ずばり今回のヒロインといって差し支えないだろう。ぜひとも本篇において確認していただきたいと思う。

また本シリーズには久々となるパールマターの登場も嬉しいところだ。

（二〇二三年八月）

◉訳者紹介　**土屋 晃**（つちや　あきら）
東京都生まれ。慶應義塾大学文学部卒業。翻訳家。
訳書に、カッスラー＆ブラウン『テスラの超兵器を粉砕せよ』『失踪船の亡霊を討て』『宇宙船〈ナイトホーク〉の行方を追え』『地球沈没を阻止せよ』、カッスラー『大追跡』、カッスラー＆スコット『大破壊』『大諜報』（以上、扶桑社ミステリー）、ミッチェル『ジョー・グールドの秘密』（柏書房）、ディーヴァー『オクトーバー・リスト』（文春文庫）、トンプスン『漂泊者』（文遊社）など。

強欲の海に潜行せよ（下）

発行日　2023年10月10日　初版第1刷発行

著　者　クライブ・カッスラー＆グラハム・ブラウン
訳　者　土屋 晃

発行者　小池英彦
発行所　株式会社 扶桑社
〒105-8070
東京都港区芝浦1-1-1　浜松町ビルディング
電話　03-6368-8870（編集）
03-6368-8891（郵便室）
www.fusosha.co.jp

印刷・製本　図書印刷株式会社

ISBN 978-4-594-09474-4　C0197